A. P. Tschechow

Kaschtanka

А. П. Чехов

Каштанка

elv

Tschechow, A. P. / Чехов, А. П.

Kaschtanka/ Каштанка

zweisprachige Ausgabe/двуязычное издание

ISBN: 978-3-86267-341-4

Auflage: 1
Erscheinungsjahr: 2011
Erscheinungsort: Bremen, Deutschland

Europäischer Literaturverlag GmbH, Fahrenheitstr. 1, 28359 Bremen (www.elv-verlag.de).

Kaschtanka

Каштанка

www.elv-verlag.de

Inhalt:

Schlafen! 2

Kaschtanka 22

   Schlechte Aufführung 22

   Der geheimnisvolle Fremde 30

   Eine neue, sehr angenehme Bekanntschaft 38

   Blaues Wunder 44

   Genie! Genie! 52

   Eine unruhige Nacht 58

   Ein misslungenes Debüt 72

Содержание:

Спать хочется 3

Каштанка 23

  Дурное поведение 23

  Таинственный незнакомец 31

  Новое, очень приятное знакомство 39

  Чудеса в решете 45

  Талант! Талант!... 53

  Беспокойная ночь 59

  Неудачный дебют... 73

Schlafen!

Es war Nacht und das dreizehnjährige Kindermädchen Warka schaukelte die Wiege and summte dabei kaum hörbar:

> Schlaf, Kindchen, schlaf,
> Dein Vater ist ein Graf ...

Vor dem Heiligenbild brannte ein Licht in einem grünen Glase, quer durch das Zimmer war ein Seil gespannt, über das Windeln und große schwarze Beinkleider gehängt waren. Das Flämmchen warf einen grünen Lichtfleck auf die Zimmerdecke und die Windeln und Beinkleider warfen lange Schatten über den Ofen, die Wiege und Warka. Wenn das Licht flackerte, gewannen der grüne Fleck und die Schatten Leben, gerieten wie vom Winde geweckt in Bewegung. Es war dumpf in der Stube und roch nach Essen und Schusterwerkstatt.

Das Kind weinte. Es war schon lange heiser und müde vom Schreien, schrie aber immer fort, ohne dass abzusehen war, wann es sich beruhigen werde. Warka hätte so gerne geschlafen. Die Augen fielen ihr zu, der Kopf sank nach vorne und ihr Hals schmerzte sie. Sie konnte kaum die Lider heben, noch die Lippen bewegen. Ihr Gesicht war wie ausgetrocknet und erstarrt, der Kopf schien klein geworden zu sein, wie der einer Stecknadel.

»Schlaf, Kindchen, schlaf ...«

Hinter dem Herde zirpte das Heimchen. Im Nebenzimmer schnarchten der Schuster und sein Gesell Afanasij, die Wiege knarrte kläglich und

Спать хочется

Ночь. Нянька Варька, девочка лет тринадцати, качает колыбель, в которой лежит ребенок, и чуть слышно мурлычет:

Баю-баюшки-баю,
А я песенку спою...

Перед образом горит зеленая лампадка; через всю комнату от угла до угла тянется веревка, на которой висят пеленки и большие черные панталоны. От лампадки ложится на потолок большое зеленое пятно, а пеленки и панталоны бросают длинные тени на печку, колыбель, на Варьку... Когда лампадка начинает мигать, пятно и тени оживают и приходят в движение, как от ветра. Душно. Пахнет щами и сапожным товаром.

Ребенок плачет. Он давно уже осип и изнемог от плача, но всё еще кричит и неизвестно, когда он уймется. А Варьке хочется спать. Глаза ее слипаются, голову тянет вниз, шея болит. Она не может шевельнуть ни веками, ни губами, и ей кажется, что лицо ее высохло и одеревенело, что голова стала маленькой, как булавочная головка.

— Баю-баюшки-баю, — мурлычет она, — тебе кашки наварю...

В печке кричит сверчок. В соседней комнате, за дверью, похрапывают хозяин и подмастерье Афанасий... Колыбель жалобно скрипит,

Warka summte. Alles dieses lief in der nächtlichen Stille zu einer einschläfernden Musik zusammen, die man so gerne hört, wenn man im Bett liegt. So aber reizte und quälte diese Melodie, denn sie jagte in den Schlaf und das war unmöglich. Wäre Warka, was Gott verhüten möge, eingeschlummert, so hätte die Schustersfrau sie geschlagen. Das Licht flackerte, der grüne Fleck und die Schatten bewegten sich, krochen in die halbgeschlossenen starren Augen Warkas und verdichteten sich vor ihren halb schlafenden Sinnen zu nebelhaften Träumen. Sie erblickte dunkle Wolken, die einander über den Himmel jagten und dabei wie kleine Kinder schrien. Da blies ein Wind, die Wolken verschwanden und Warka sah eine breite Landstraße, die von einem breiigen Schlamm bedeckt war. Über die Straße fuhren Wagen, schleppten sich Menschen mit Ranzen auf dem Rücken, huschten Schatten hin und her. Durch einen kalten finsteren Nebel hindurch sah man zu beiden Seiten den Wald liegen. Plötzlich sanken die Schatten und die Leute mit den Ranzen in den weichen Schlamm. »Weshalb denn?« fragte Warka. »Um zu schlafen, zu schlafen,« antworteten sie ihr. Sie begannen zu schlafen, fest und süß, aber auf den Telegrafenstangen saßen Raben und Krähen, schrien wie Kinder und versuchten sie aufzuwecken.

»Schlaf, Kindchen, schlaf ...« summte Warka und sah sich in eine dunkle dumpfe Hütte versetzt.

Auf dem Fußboden wand sich ihr verstorbener Vater Johann Stepanon. Sie sah ihn nicht, aber sie hörte, wie er sich vor Schmerzen hin- und herwarf

сама Варька мурлычет — и всё это сливается в ночную, убаюкивающую музыку, которую так сладко слушать, когда ложишься в постель. Теперь же эта музыка только раздражает и гнетет, потому что она вгоняет в дремоту, а спать нельзя; если Варька, не дай бог, уснет, то хозяева прибьют ее.

Лампадка мигает. Зеленое пятно и тени приходят в движение, лезут в полуоткрытые, неподвижные глаза Варьки и в ее наполовину уснувшем мозгу складываются в туманные грезы. Она видит темные облака, которые гоняются друг за другом по небу и кричат, как ребенок. Но вот подул ветер, пропали облака, и Варька видит широкое шоссе, покрытое жидкою грязью; по шоссе тянутся обозы, плетутся люди с котомками на спинах, носятся взад и вперед какие-то тени; по обе стороны сквозь холодный, суровый туман видны леса. Вдруг люди с котомками и тени падают на землю в жидкую грязь. — «Зачем это?» — спрашивает Варька. — «Спать, спать!» — отвечают ей. И они засыпают крепко, спят сладко, а на телеграфных проволоках сидят вороны и сороки, кричат, как ребенок, и стараются разбудить их.

— Баю-баюшки-баю, а я песенку спою... — мурлычет Варька и уже видит себя в темной, душной избе.

На полу ворочается ее покойный отец Ефим Степанов. Она не видит его, но слышит, как

und stöhnte. Er sagte, in ihm sei etwas gesprungen. Die Schmerzen wurden so stark, dass er kein Wort hervorbringen konnte. Er zog nur die Luft ein und die Zähne schlugen aufeinander klappernd einen Triller:

«Bum, bum, bum, bum ...«

Wie ein Trommelwirbel.

Die Mutter Pelagea lief ins Schloss den Herrschaften sagen, dass Jefim sterbe. Sie war schon lange fort und musste gleich wieder kommen. Warka lag hinter dem Ofen und lauschte auf des Vaters »bum, bum, bum«. Dann hörte sie einen Wagen bei der Hütte vorfahren. Die Herrschaft hatte einen jungen Arzt, der aus der Stadt bei ihr zu Besuch war, geschickt. Der Doctor trat ein; man konnte ihn in der Dunkelheit nicht sehen, hörte bloß die Türe knarren und ihn husten.

»Macht Licht«, sagte er.

»Bum, bum, bum«, antwortete Jefim.

Pelagea stürzte zum Ofen und begann das Feuerzeug zu suchen. So verging eine Minute. Schließlich fand der Arzt in seiner Tasche ein Zündholz und steckte es an.

»Gleich Herr, gleich,« sagte Pelagea, lief hinaus und kehrte nach einer Weile mit einem Kerzenstummel zurück.

Jefim's Wangen glühten, die Augen glänzten und sein Blick war so scharf, als wollte er durch den Arzt und die Hütte sehen.

он катается от боли по полу и стонет. У него, как он говорит, «разыгралась грыжа». Боль так сильна, что он не может выговорить ни одного слова и только втягивает в себя воздух и отбивает зубами барабанную дробь:

— Бу-бу-бу-бу...

Мать Пелагея побежала в усадьбу к господам сказать, что Ефим помирает. Она давно уже ушла и пора бы ей вернуться. Варька лежит на печи, не спит и прислушивается к отцовскому «бу-бу-бу». Но вот слышно, кто-то подъехал к избе. Это господа прислали молодого доктора, который приехал к ним из города в гости. Доктор входит в избу; его не видно в потемках, но слышно, как он кашляет и щелкает дверью.

— Засветите огонь, — говорит он.

— Бу-бу-бу... — отвечает Ефим.

Пелагея бросается к печке и начинает искать черепок со спичками. Проходит минута в молчании. Доктор, порывшись в карманах, зажигает свою спичку.

— Сейчас, батюшка, сейчас, — говорит Пелагея, бросается вон из избы и немного погодя возвращается с огарком.

Щеки у Ефима розовые, глаза блестят и взгляд как-то особенно остр, точно Ефим видит насквозь и избу и доктора.

»Nun, was hast du dir da angefangen?« begann der Doctor, sich zu ihm niederbeugend. »Oho, fehlt dir das schon lange?«

»Weshalb? Euer Wohlgeboren, es ist Zeit zu sterben. Ich soll nicht mehr leben.«

»Ach, Unsinn, wir werden dich schon heilen.«

»Wie Sie es wünschen. Euer Wohlgeboren, ich danke ergebenst, aber ich weiß ... Wenn der Tod kommt ... ist es aus.« Der Doctor beschäftigte sich eine Viertelstunde mit Jefim stand dann auf und sagte:

»Ich kann hier nichts machen. Du musst in das Krankenhaus fahren, dich operieren lassen. Fahre gleich hin. Sofort! Es ist zwar etwas spät, im Krankenhaus werden Alle schlafen, aber das macht nichts, ich werde dir ein paar Worte mitgeben. Hörst du?«

»Womit soll er aber fahren?« fragte Pelagea, »wir haben keine Pferde.«

»Das macht nichts. Ich werde den Herrn bitten, dass er euch welche schickt.«

Der Arzt ging, das Licht erlosch und man hörte wieder nur »bum, bum, bum.« Nach einer halben Stunde rollte etwas vor der Hütte. Der Herr hatte einen Wagen geschickt, um Jefim in das Krankenhaus zu bringen. Jefim machte sich bereit und fuhr davon.

Dann kam ein heller, schöner Morgen.

— Ну, что? Что ты это вздумал? — говорит доктор, нагибаясь к нему. — Эге! Давно ли это у тебя?

— Чего-с? Помирать, ваше благородие, пришло время... Не быть мне в живых...

— Полно вздор говорить... Вылечим!

— Это как вам угодно, ваше благородие, благодарим покорно, а только мы понимаем... Коли смерть пришла, что уж тут.

Доктор с четверть часа возится с Ефимом; потом поднимается и говорит:

— Я ничего не могу поделать... Тебе нужно в больницу ехать, там тебе операцию сделают. Сейчас же поезжай... Непременно поезжай! Немножко поздно, в больнице все уже спят, но это ничего, я тебе записочку дам. Слышишь?

— Батюшка, да на чем же он поедет? — говорит Пелагея. — У нас нет лошади.

— Ничего, я попрошу господ, они дадут лошадь.

Доктор уходит, свеча тухнет, и опять слышится «бу-бу-бу»... Спустя полчаса к избе кто-то подъезжает. Это господа прислали тележку, чтобы ехать в больницу. Ефим собирается и едет...

Но вот наступает хорошее, ясное утро.

Pelagea war nicht zu Hause, sie war in das Krankenhaus gegangen, um zu hören, was mit Jefim geschehen sei. Ein Kind weinte und Warka hörte, wie irgendeine Stimme sang: »Schlaf, Kindchen, schlaf ...«

Pelagea kam zurück, machte das Kreuz und flüsterte:

»Sie haben ihn noch Nachts behandelt und Morgens empfahl er Gott seine Seele. Der Himmel sei ihm gnädig in Ewigkeit. Sie sagten es war zu spät. Es hätte früher geschehen müssen.

Warka ging in den Wald und weinte dort. Plötzlich schlug etwas sie so stark ins Genick, dass sie mit der Stirne gegen einen Baum stieß.

Sie öffnete die Augen und sah den Schuster vor sich stehen.

»Was heißt das, du Fratz? Das Kind weint und du schläfst,« sagte er.

Er zog sie roh am Ohr, sie schüttelte den Kopf, schaukelte die Wiege und summte ihr Lied. Der grüne Fleck, die Schatten der Beinkleider und Windeln schwankten, winkten ihr und überwältigten sie bald wieder. Da war wieder die breite schlammbedeckte Landstraße. Und die Leute mit den Ranzen auf dem Rücken und die Schatten legten sich nieder und schliefen fest. Während Warka ihnen zusah, bekam sie eine ungeheure Lust zu schlafen. Sie hätte sich mit Vergnügen zu ihnen gelegt, aber Mutter Pelagea ging neben ihr und trieb sie an. Sie gingen in die Stadt sich zu verdingen.

Пелагеи нет дома: она пошла в больницу, узнать, что делается с Ефимом. Где-то плачет ребенок, и Варька слышит, как кто-то ее голосом поет:

— Баю-баюшки-баю, а я песенку спою...

Возвращается Пелагея; она крестится и шепчет:

— Ночью вправили ему, а к утру богу душу отдал... Царство небесное, вечный покой... Сказывают, поздно захватили... Надо бы раньше...

Варька идет в лес и плачет там, но вдруг кто-то бьет ее по затылку с такой силой, что она стукается лбом о березу. Она поднимает глаза и видит перед собой хозяина-сапожника.

— Ты что же это, паршивая? — говорит он. — Дитё плачет, а ты спишь?

Он больно треплет ее за ухо, а она встряхивает головой, качает колыбель и мурлычет свою песню Зеленое пятно и тени от панталон и пеленок колеблются, мигают ей и скоро опять овладевают ее мозгом. Опять она видит шоссе, покрытое жидкою грязью. Люди с котомками на спинах и тени разлеглись и крепко спят. Глядя на них, Варьке страстно хочется спать; она легла бы с наслаждением, но мать Пелагея идет рядом и торопит ее. Обе они спешат в город наниматься.

»Um Christi Willen, ein Almosen,« bat die Mutter die Vorbeigehenden. »Habt Mitleid!«

»Gib das Kind her!« antwortete ihr eine bekannte Stimme. »Gib das Kind her!« wiederholte dieselbe Stimme, aber schon ärgerlich und scharf. »Schläfst du am Ende?«

Warka sprang auf, blickte um sich und begriff, worum es sich handelte. Da waren keine Straße, keine Leute, keine Pelagea, sondern in der Mitte des Zimmers stand die Schustersfrau, die das Kind zu nähren kam. Während die starke breitschultrige Frau das Kind nährte und stillte, stand Warka daneben, sah ihr zu, und wartete bis sie zu Ende war. Draußen dämmert es schon, die Schatten und der grüne Fleck auf der Zimmerdecke verblassten merklich. Bald würde der Morgen kommen.

»Nimm das Kind!« befahl die Frau, während sie ihre Kleidung in Ordnung brachte. »Es weint wie behext.«

Warka nahm das Kind, legte es in sein Bettchen und begann wieder zu schaukeln.

Der grüne Fleck und die Schatten schwanden nach und nach, nichts mehr konnte sie beschleichen und den Kopf verwirren. Aber schlafen wollte sie wie zuvor, furchtbar gerne schlafen. Warka lehnte ihren Kopf wider den Rand der Wiege und schaukelte sie mit dem ganzen Körper, um so den Schlaf besser zu bewältigen, aber die Augen fielen immer zu und der Kopf war schwer.

»Warka, heize den Ofen!« schallte die Stimme der Hausfrau aus dem Nebenzimmer.

— Подайте милостынки Христа ради! — просит мать у встречных. — Явите божескую милость, господа милосердные!

— Подай сюда ребенка! — отвечает ей чей-то знакомый голос. — Подай сюда ребенка! — повторяет тот же голос, но уже сердито и резко. — Слышишь, подлая?

Варька вскакивает и, оглядевшись, понимает, в чем дело: нет ни шоссе, ни Пелагеи, ни встречных, а стоит посреди комнатки одна только хозяйка, которая пришла покормить своего ребенка. Пока толстая, плечистая хозяйка кормит и унимает ребенка, Варька стоит, глядит на нее и ждет, когда она кончит. А за окнами уже синеет воздух, тени и зеленое пятно на потолке заметно бледнеют. Скоро утро.

— Возьми! — говорит хозяйка, застегивая на груди сорочку. — Плачет. Должно, сглазили.

Варька берет ребенка, кладет его в колыбель и опять начинает качать. Зеленое пятно и тени мало-помалу исчезают и уж некому лезть в ее голову и туманить мозг. А спать хочется по-прежнему, ужасно хочется! Варька кладет голову на край колыбели и качается всем туловищем, чтобы пересилить сон, но глаза все-таки слипаются и голова тяжела.

— Варька, затопи печку! — раздается за дверью голос хозяина.

Das hieß so viel als, die Zeit sei gekommen, wo man aufstehen und an die Arbeit gehen müsse. Warka ließ die Wiege stehen und lief in die Scheune um Holz zu holen. Sie war froh darüber, denn beim Laufen und Gehen war die Lust zu schlafen nicht so groß, als in einer sitzenden Stellung. Sie brachte Holz, heizte den Ofen und fühlte, wie sich ihr erstarrtes Gesicht belebte und ihre Gedanken klarer wurden.

»Warka, stelle den Samowar auf!« schrie die Frau.

Warka spaltete einen Span, kaum war er angezündet und in den Samowar gesteckt, als schon ein neuer Befehl eintraf.

»Warka, reinige dem Herrn die Galoschen.«

Sie setzte sich auf den Boden, um die Galoschen zu säubern und dachte, wie angenehm es sein müsse, den Kopf in die große tiefe Galosche zu stecken, um ein bisschen darin zu träumen. Plötzlich wuchs die Galosche, schwoll und füllte das ganze Zimmer aus. Warka entfiel die Bürste, aber sie schüttelte sogleich den Kopf, riss die Augen auf und bemühte sich die Dinge so anzusehen, dass sie nicht wuchsen oder vor den Augen tanzten.

»Warka, wasche draußen die Stiege ab, man muss sich sonst vor den Leuten schämen.«

Warka wusch die Stiege, räumte die Zimmer, heizte dann einen zweiten Ofen und lief zum Krämer. Es gab viel Arbeit und keine einzige freie Minute.

Значит, уже пора вставать и приниматься за работу. Варька оставляет колыбель и бежит в сарай за дровами. Она рада. Когда бегаешь и ходишь, спать уже не так хочется, как в сидячем положении. Она приносит дрова, топит печь и чувствует, как расправляется ее одеревеневшее лицо и как проясняются мысли.

— Варька, поставь самовар! — кричит хозяйка.

Варька колет лучину, но едва успевает зажечь их и сунуть в самовар, как слышится новый приказ:

— Варька, почисть хозяину калоши!

Она садится на пол, чистит калоши и думает, что хорошо бы сунуть голову в большую, глубокую калошу и подремать в ней немножко... И вдруг калоша растет, пухнет, наполняет собою всю комнату, Варька роняет щетку, но тотчас же встряхивает головой, пучит глаза и старается глядеть так, чтобы предметы не росли и не двигались в ее глазах.

— Варька, помой снаружи лестницу, а то от заказчиков совестно!

Варька моет лестницу, убирает комнаты, потом топит другую печь и бежит в лавочку. Работы много, нет ни одной минуты свободной.

Nichts war aber so schwer, als ruhig vor dem Küchentisch stehen zu bleiben und Kartoffeln zu schälen. Der Kopf sank gegen den Tisch, die Kartoffel flimmerten vor den Augen und das Messer fiel ihr aus der Hand. Aber die dicke, ärgerliche Frau mit den schmutzigen Händen ging daneben herum und sprach so laut, dass es einem in den Ohren hallte. Qualvoll war es bei Tisch zu bedienen, zu waschen und zu bügeln. Es gab Augenblicke dabei, wo sie sich, ohne auf irgendetwas Rücksicht zu nehmen, auf den Fußboden werfen wollte, um zu schlafen.

Der Tag ging vorüber, und während Warka beobachtete, wie es dunkel wurde, kniff sie ihre starren Lider zusammen und lächelte, ohne zu wissen, warum sie sich freue. Der Abendnebel schmeichelte um ihre halb verklebten Augen und versprach ihr einen baldigen kräftigen Schlaf.

Abends erhielt der Schuster Besuch.

»Warka, richte den Samowar!«

Der Samowar war klein, und ehe die Gäste genügend Tee hatten, musste man ihn noch fünfmal wärmen. Nach dem Tee stand Warka eine ganze Stunde auf einer Stelle, sah die Gäste an und erwartete Befehle.

»Warka lauf, kaufe drei Flaschen Bier.«

Sie riss sich vom Fleck los und bemühte sich rasch zu laufen, um den Schlaf zu vertreiben.

»Warka, hole Branntwein! Warka, wo ist der Korkenzieher! Warka, putze diesen Hering ...«

Но ничто так не тяжело, как стоять на одном месте перед кухонным столом и чистить картошку. Голову тянет к столу, картошка рябит в глазах, нож валится из рук, а возле ходит толстая, сердитая хозяйка с засученными рукавами и говорит так громко, что звенит в ушах. Мучительно также прислуживать за обедом, стирать, шить. Бывают минуты, когда хочется, ни на что не глядя, повалиться на пол и спать.

День проходит. Глядя, как темнеют окна, Варька сжимает себе деревенеющие виски и улыбается, сама не зная чего ради. Вечерняя мгла ласкает ее слипающиеся глаза и обещает ей скорый, крепкий сон. Вечером к хозяевам приходят гости.

— Варька, ставь самовар! — кричит хозяйка.

Самовар у хозяев маленький, и прежде чем гости напиваются чаю, приходится подогревать его раз пять. После чаю Варька стоит целый час на одном месте, глядит на гостей и ждет приказаний.

— Варька, сбегай купи три бутылки пива!

Она срывается с места и старается бежать быстрее, чтобы прогнать сон.

— Варька, сбегай за водкой! Варька, где штопор? Варька, почисть селедку!

Endlich gingen die Gäste fort, die Feuer wurden verlöscht, die Hausfrau ging schlafen.

»Warka schaukle das Kind«, das war der letzte Befehl.

Im Ofen zirpte das Heimchen. Der grüne Fleck, die Schatten der Beinkleider und der Windeln krochen wieder in die halb offenen Augen Warka's, winkten ihr und betäubten ihre Sinne.

»Schlaf, Kindchen, schlaf . . .«, summte sie.

Das Kind weinte, konnte kaum mehr und schrie doch weiter. Warka sah wieder die dreckige Straße und die Leute mit den Ranzen, Pelagea, Jefim. Sie erfasste Alles, erkannte Alle, nur konnte sie in ihrem Halbschlaf nicht begreifen, welche Macht das sei, welche sie an Händen und Füßen gefesselt hielt, welche sie erstickte und ihr Leben verdarb. Sie sah sich um und suchte jene unbekannte Macht, um sich zu befreien, fand sie aber nicht. Endlich spannte sie abgemartert ihre ganze Kraft an und blickte hinauf nach dem flackernden grünen Fleck, lauschte dem Schreien und entdeckte den Feind, der ihr das Leben verbitterte. Der Feind war — das Kind.

Sie lachte und wunderte sich, wieso sie das nicht schon früher entdeckt habe, es war doch so leicht. Der grüne Fleck, die Schatten, das Heimchen, Alle schienen zu lachen und sich zu wundern.

Eine trügerische Vorstellung bemächtigte sich Warkas. Sie stand von ihrem Stuhle auf und ging breit lächelnd, ohne mit den Augen zu zwinkern, im Zimmer auf und ab.

Но вот наконец гости ушли; огни тушатся, хозяева ложатся спать.

— Варька, покачай ребенка! — раздается последний приказ.

В печке кричит сверчок; зеленое пятно на потолке и тени от панталон и пеленок опять лезут в полуоткрытые глаза Варьки, мигают и туманят ей голову.

— Баю-баюшки-баю, — мурлычет она, — а я песенку спою...

А ребенок кричит и изнемогает от крика. Варька видит опять грязное шоссе, людей с котомками, Пелагею, отца Ефима. Она всё понимает, всех узнает, но сквозь полусон она не может только никак понять той силы, которая сковывает ее по рукам и по ногам, давит ее и мешает ей жить. Она оглядывается, ищет эту силу, чтобы избавиться от нее, но не находит. Наконец, измучившись, она напрягает все свои силы и зрение, глядит вверх на мигающее зеленое пятно и, прислушавшись к крику, находит врага, мешающего ей жить.

Этот враг — ребенок.

Она смеется. Ей удивительно: как это раньше она не могла понять такого пустяка? Зеленое пятно, тени и сверчок тоже, кажется, смеются и удивляются.

Der Gedanke, sich gleich von dem Kinde zu befreien, indem sie es an Händen und Füßen fesselte, reizte sie und war ihr angenehm. Das Kind umbringen und schlafen, schlafen. ...

Lachend und dem grünen Fleck mit dem Finger drohend, schlich Warka zu dem Bettchen und beugte sich über das Kind. Sie erstickte es und legte sich dann rasch auf den Boden, lachte vor Freude, dass sie jetzt endlich schlafen dürfe, und nach einer Minute schlief sie schon tief wie eine Tote.

Ложное представление овладевает Варькой. Она встает с табурета и, широко улыбаясь, не мигая глазами, прохаживается по комнате. Ей приятно и щекотно от мысли, что она сейчас избавится от ребенка, сковывающего ее по рукам и ногам... Убить ребенка, а потом спать, спать, спать...

Смеясь, подмигивая и грозя зеленому пятну пальцами, Варька подкрадывается к колыбели и наклоняется к ребенку. Задушив его, она быстро ложится на пол, смеется от радости, что ей можно спать, и через минуту спит уже крепко, как мертвая...

Kaschtanka

Schlechte Aufführung

Ein junger rotbrauner Hund – eine Kreuzung von Dachs und Dorfköter –, dessen Schnauze der eines Fuchses sehr ähnelte, lief auf dem Trottoir hin und her und schaute sich unruhig nach allen Seiten um. Zuweilen blieb er stehen, hob winselnd bald die eine, bald die andere seiner frierenden Pfoten und suchte sich darüber Rechenschaft zu geben, wie es doch passieren konnte, dass er sich verirrt hatte?

Er entsann sich sehr wohl, wie er den Tag verbracht hatte und wie er dann endlich auf dieses unbekannte Trottoir geraten war.

Der Tag hatte damit begonnen, dass sein Herr, der Tischler Luka Alexandritsch, sich seine Mütze aufgesetzt, irgendein hölzernes, in rotes Tuch gehülltes Ding untern Arm genommen und dann gerufen hatte:

– Kaschtanka, komm!

Als die Kreuzung von Dachs und Dorfköter diesen Ruf vernommen, war er unter der Hobelbank, wo er auf den Spänen geschlafen hatte, hervorgekommen, hatte süß seine Glieder gereckt und war dann seinem Herrn nachgelaufen. Die Kunden von Luka Alexandritsch wohnten furchtbar weit, sodass dieser, ehe er zu ihnen gelangte, unterwegs mehrere Mal in den Wirtschaften einkehren und sich stärken musste. Kaschtanka erinnerte sich, dass er sich unterwegs sehr unanständig aufgeführt hatte.

Каштанка

Дурное поведение

Молодая рыжая собака — помесь такса с дворняжкой — очень похожая мордой на лисицу, бегала взад и вперед по тротуару и беспокойно оглядывалась по сторонам. Изредка она останавливалась и, плача, приподнимая то одну озябшую лапу, то другую, старалась дать себе отчет: как это могло случиться, что она заблудилась?

Она отлично помнила, как она провела день и как, в конце концов, попала на этот незнакомый тротуар.

День начался с того, что ее хозяин, столяр Лука Александрыч, надел шапку, взял под мышку какую-то деревянную штуку, завернутую в красный платок, и крикнул:

— Каштанка, пойдем!

Услыхав свое имя, помесь такса с дворняжкой вышла из-под верстака, где она спала на стружках, сладко потянулась и побежала за хозяином. Заказчики Луки Александрыча жили ужасно далеко, так что, прежде чем дойти до каждого из них, столяр должен был по нескольку раз заходить в трактир и подкрепляться. Каштанка помнила, что по дороге она вела себя крайне неприлично.

Vor Freude, dass man ihn mit spazieren genommen hatte, sprang er umher, stürmte bellend den Pferdebahnwagen nach, lief in die Höfe hinein und tollte mit Hunden umher. Der Tischler verlor ihn immerwährend aus den Augen, blieb stehen und schrie ihn wütend an. Einmal packte er sogar Kaschtanka mit gierigem Gesichtsausdruck am Fuchsohr, zauste ihn und sprach langsam und abgerissen:

»Dass Dich . . . der . . . Teufel . . .«

Nachdem er seine Geschäfte erledigt, hatte Luka Alexandritsch auf einen Augenblick seine Schwester besucht und dort einen kleinen Frühschoppen gemacht. Von der Schwester ging er zu einem bekannten Buchbinder, von dort in ein Wirtshaus, aus dem Wirtshaus zum Gevatter usw. Mit einem Wort – als Kaschtanka auf das fremde Trottoir geraten war, fing es schon an zu dunkeln, und der Tischler war bezecht wie ein Schuster. Er fuchtelte mit den Armen, seufzte tief und murmelte:

»In Sünden hat mich meine Mutter geboren! Sünden, nichts als Sünden! Jetzt spazieren wir, Kaschtanka, mit Dir so einher und sehen uns die Laternen an, und sind wir tot – braten wir in der Hölle . . .«

Oder aber er verfiel in eine gutmütige Stimmung, rief Kaschtanka zu sich heran und sagte ihm:

»Du, Kaschtanka, bist ein Insekt und sonst nichts. Im Vergleich zu uns Menschen bist du so . . . so

От радости, что ее взяли гулять, она прыгала, бросалась с лаем на вагоны конно-железки, забегала во дворы и гонялась за собаками. Столяр то и дело терял ее из виду, останавливался и сердито кричал на нее. Раз даже он с выражением алчности на лице забрал в кулак ее лисье ухо, потрепал и проговорил с расстановкой:

— Чтоб... ты... из... дох...ла, холера!

Побывав у заказчиков, Лука Александрыч зашел на минутку к сестре, у которой пил и закусывал; от сестры пошел он к знакомому переплетчику, от переплетчика в трактир, из трактира к куму и т. д. Одним словом, когда Каштанка попала на незнакомый тротуар, то уже вечерело и столяр был пьян, как сапожник. Он размахивал руками и, глубоко вздыхая, бормотал:

— Во грехе роди мя мати во утробе моей! Ох, грехи, грехи! Теперь вот мы по улице идем и на фонарики глядим, а как помрем — в гиене огненной гореть будем...

Или же он впадал в добродушный тон, подзывал к себе Каштанку и говорил ей:

— Ты, Каштанка, насекомое существо и больше ничего. Супротив человека ты всё равно, что плотник супротив столяра...

wie ein Zimmermann im Vergleich zum Tischler ...«

Während er sich so mit dem Hunde unterhielt, ertönte plötzlich Musik. Kaschtanka sah sich um und erblickte ein ganzes Regiment Soldaten, das gerade auf ihn zukam. Da er seiner Nerven wegen Musik nicht vertragen konnte. So begann er sich zu drehen und zu heulen. Zu seiner größten Verwunderung aber war der Tischler gar nicht erschrocken und bellte und krümmte sich nicht, sondern stand ›stramm‹ und salutierte, seine fünf Finger an die Mütze legend und übers ganze Gesicht grinsend. Da Kaschtanka sah, dass sein Herr an einen Protest gar nicht dachte, so begann er noch lauter zu heulen und stürzte fassungslos über die Straße auf das andere Trottoir.

Als er wieder zur Besinnung gekommen war, spielte die Musik nicht mehr und das Regiment war vorüber. Er lief über die Straße zurück an die Stelle, wo er seinen Herrn verlassen hatte, aber siehe da, der Tischler war schon weg. Kaschtanka stürmte vorwärts, dann wieder zurück, lief noch einmal über die Straße, aber der Tischler war wie in die Erde versunken ... Kaschtanka begann das Trottoir zu beschnuppern in der Hoffnung, die Spuren seines Herrn zu erkennen, aber kurz vordem war irgendein Schuft in Gummischuhen über das Trottoir gegangen, und jetzt vermischten sich alle seinen Gerüche mit dem Gummigestank. Da etwas herauszuriechen war ganz unmöglich.

Kaschtanka lief hin und her, ohne seinen Herrn zu finden, und unterdessen wurde es dunkel. Zu

Когда он разговаривал с ней таким образом, вдруг загремела музыка. Каштанка оглянулась и увидела, что по улице прямо на нее шел полк солдат. Не вынося музыки, которая расстраивала ей нервы, она заметалась и завыла. К великому её удивлению, столяр, вместо того, чтобы испугаться, завизжать и залаять, широко улыбнулся, вытянулся во фрунт и всей пятерней сделал под козырек. Видя, что хозяин не протестует, Каштанка еще громче завыла и, не помня себя, бросилась через дорогу на другой тротуар.

Когда она опомнилась, музыка уже не играла и полка не было. Она перебежала дорогу к тому месту, где оставила хозяина, но, увы! столяра уже там не было. Она бросилась вперед, потом назад, еще раз перебежала дорогу, но столяр точно сквозь землю провалился... Каштанка стала обнюхивать тротуар, надеясь найти хозяина по запаху его следов, но раньше какой-то негодяй прошел в новых резиновых калошах, и теперь все тонкие запахи мешались с острою каучуковою вонью, так что ничего нельзя было разобрать.

Каштанка бегала взад и вперед и не находила хозяина, а между тем становилось темно.

beiden Seiten der Straße wurden die Laternen angezündet, und in den Fenstern der Häuser wurde es hell. Große lockere Schneeflocken fielen langsam vom Himmel herab und färbten das Pflaster, die Rücken der Pferde und die Mützen der Droschkenkutscher schön weiß, und je dunkler es wurde, um so blendend weißer erschienen alle Gegenstände. An Kaschtanka vorbei, ihm immerfort den Gesichtskreis verdeckend und ihn mit den Füßen tretend, gingen ohne Unterbrechung fremde Kunden. – Kaschtanka teilte nämlich die gesamte Menschheit in zwei etwas ungleiche Teile: in Meister und Kunden; zwischen diesen und jenen bestand ein wesentlicher Unterschied: Die Meister hatten das Recht, ihn zu schlagen, und bei den Kunden besaß er selbst das Recht, sie in die Waden zu beißen. – Die Kunden eilten alle irgendwohin und beachteten Kaschtanka gar nicht.

Als es ganz dunkel geworden, überfielen Kaschtanka Verzweiflung und Schrecken. Er drückte sich an eine Haustür und begann bitterlich zu weinen. Der auf den ganzen Tag ausgedehnte Spaziergang mit Luka Alexandritsch hatte ihn ermüdet, seine Ohren und Pfoten froren ihm und außerdem war er auch furchtbar hungrig. Den Tag über hatte er nur zweimal etwas in den Magen bekommen: Beim Buchbinder hatte er etwas Kleister gegessen und in einer Wirtschaft ein Stückchen Wurstschale gefunden – das war alles. Wenn er ein Mensch gewesen wäre, so hätte er sicher gedacht:

»Nein, so kann man nicht weiterleben! Ich muss mich erschießen!«

По обе стороны улицы зажглись фонари и в окнах домов показались огни. Шел крупный, пушистый снег и красил в белое мостовую, лошадиные спины, шапки извозчиков, и чем больше темнел воздух, тем белее становились предметы. Мимо Каштанки, заслоняя ей поле зрения и толкая ее ногами, безостановочно взад и вперед проходили незнакомые заказчики. (Всё человечество Каштанка делила на две очень неравные части: на хозяев и на заказчиков; между теми и другими была существенная разница: первые имели право бить ее, а вторых она сама имела право хватать за икры.) Заказчики куда-то спешили и не обращали на нее никакого внимания.

Когда стало совсем темно, Каштанкою овладели отчаяние и ужас. Она прижалась к какому-то подъезду и стала горько плакать. Целодневное путешествие с Лукой Александрычем утомило ее, уши и лапы ее озябли, и к тому же еще она была ужасно голодна. За весь день ей приходилось жевать только два раза; покушала у переплетчика немножко клейстеру да в одном из трактиров около прилавка нашла колбасную кожицу — вот и всё. Если бы она была человеком, то наверное подумала бы:

«Нет, так жить невозможно! Нужно застрелиться!»

Der geheimnisvolle Fremde

Aber er dachte an gar nichts und weinte nur. Als der weiche flockige Schnee ihm Kopf und Rücken schon ganz bedeckt hatte, und er vor Erschöpfung in einen tiefen Halbschlaf verfallen war, öffnete sich plötzlich kreischend die Haustür und stieß Kaschtanka in den Rücken. Kaschtanka sprang auf. Aus der geöffneten Haustür trat ein Mensch, der offenbar zur Kategorie der Kunden gehörte. Da Kaschtanka aufschrie und dem Fremden unter die Füße geriet, so konnte dieser nicht umhin, ihn zu bemerken. Er beugte sich zu ihm hin und fragte:

»Hundchen, wo kommst Du denn her? Hab' ich Dir wehgetan? O mein Ärmster, mein Ärmster ... Nun, sei nicht böse ... Pardon ...«

Kaschtanka blickte den Fremdling durch die an den Wimpern hängenden Schneeflocken an und sah einen kleinen rundlichen Herrn im Zylinder und Pelzmantel, mit einem rasierten, etwas aufgedunsenen Gesicht.

»Was greinst Du denn?« fuhr er, ihm mit dem Finger den Schnee vom Rücken abstreifend, fort. »Wo ist denn Dein Herr? Du hast Dich wohl verlaufen? Ach Du armes Hundchen! Was fangen denn wir mit Dir an?«

Kaschtanka, der in der Stimme des Fremden einen freundlichen, warmen Ton erhascht hatte, leckte ihm die Hand und begann noch herzbrechender zu winseln.

»Du bist übrigens ein netter, spaßiger Kerl!« sagte der Fremde. »Der reine Fuchs! Na, was ist denn da

Таинственный незнакомец

Но она ни о чем не думала и только плакала. Когда мягкий, пушистый снег совсем облепил ее спину и голову, и она от изнеможения погрузилась в тяжелую дремоту, вдруг подъездная дверь щелкнула, запищала и ударила ее по боку. Она вскочила. Из отворенной двери вышел какой-то человек, принадлежащий к разряду заказчиков. Так как Каштанка взвизгнула и попала ему под ноги, то он не мог не обратить на нее внимания. Он нагнулся к ней и спросил:

— Псина, ты откуда? Я тебя ушиб? О, бедная, бедная... Ну, не сердись, не сердись... Виноват.

Каштанка поглядела на незнакомца сквозь снежинки, нависшие на ресницы, и увидела перед собой коротенького и толстенького человечка с бритым пухлым лицом, в цилиндре и в шубе нараспашку.

— Что же ты скулишь? — продолжал он, сбивая пальцем с ее спины снег. — Где твой хозяин? Должно быть, ты потерялась? Ах, бедный песик! Что же мы теперь будем делать?

Уловив в голосе незнакомца теплую, душевную нотку, Каштанка лизнула ему руку и заскулила еще жалостнее.

— А ты хорошая, смешная! — сказал незнакомец. — Совсем лисица! Ну, что ж, делать

zu machen, komm also mit! Vielleicht kann man Dich zu etwas gebrauchen ... Nun, fuit!«

Er schnalzte mit der Zunge und gab Kaschtanka mit der Hand ein Zeichen, welches nur eines bedeuten konnte: »Komm mit!« Kaschtanka folgte.

Eine halbe Stunde später saß er schon auf der Diele in einem großen hellen Zimmer und blickte, den Kopf auf die Seite geneigt, mit Wehmut und Neugierde zu dem Fremden hinauf, der am Tische saß und speiste. Der Fremde aß und warf ihm ab und zu ein Stückchen hin ... Zuerst gab er ihm Brot und eine Käserinde, dann ein Stückchen Fleisch, dann ein halbes Pastetchen, Hühnerknochen, und Kaschtanka hatte das alles in seinem Heißhunger so schnell aufgegessen, dass er nicht mal den Geschmack davon unterscheiden konnte. Und je mehr er aß, um so stärker wurde der Hunger.

»Na hör' mal. Deine Herrschaft scheint Dich nicht gerade übermäßig zu füttern!« sprach der Fremde, während er zusah, mit welcher Gier und Gefräßigkeit der Hund die unzerkauten Stücke verschlang. »Und wie Du mager bist! Haut und Knochen!«

Kaschtanka aß viel, wurde aber nicht satt, sondern empfand vom Essen nur ein Gefühl der Berauschung. Nach dem Essen legte er sich mitten im Zimmer hin, streckte die Pfoten aus und wedelte, während seinen Körper eine süße Müdigkeit erfüllte, freundlich mit dem Schwanz. Inzwischen rauchte sein neuer Herr, im Lehnstuhl liegend, eine Cigarre. Kaschtanka wedelte immerfort und erwog im Geiste die Frage, wo es besser sei – bei dem Fremden oder bei dem Tischler?

нечего, пойдем со мной! Может быть, ты и сгодишься на что-нибудь... Ну, фюйть!

Он чмокнул губами и сделал Каштанке знак рукой, который мог означать только одно: «Пойдем!» Каштанка пошла.

Не больше как через полчаса она уже сидела на полу в большой, светлой комнате и, склонив голову набок, с умилением и с любопытством глядела на незнакомца, который сидел за столом и обедал. Он ел и бросал ей кусочки... Сначала он дал ей хлеба и зеленую корочку сыра, потом кусочек мяса, полпирожка, куриных костей, а она с голодухи всё это съела так быстро, что не успела разобрать вкуса. И чем больше она ела, тем сильнее чувствовался голод.

— Однако, плохо же кормят тебя твои хозяева! — говорил незнакомец, глядя, с какою свирепою жадностью она глотала неразжеванные куски. — И какая ты тощая! Кожа да кости...

Каштанка съела много, но не наелась, а только опьянела от еды. После обеда она разлеглась среди комнаты, протянула ноги и, чувствуя во всем теле приятную истому, завиляла хвостом. Пока ее новый хозяин, развалившись в кресле, курил сигару, она виляла хвостом и решала вопрос: где лучше — у незнакомца или у столяра?

Bei dem Fremden ist die Ausstattung arm und hässlich – außer Lehnstühlen, einem Diwan, Teppichen und einer Lampe gibt es bei ihm nichts. Und das Zimmer erscheint leer; während beim Tischler die ganze Stube mit Sachen vollgepfropft ist: Da gibt es einen Tisch, eine Hobelbank, einen Haufen Späne, Hobel, Stemmeisen, Sägen, einen Zeisig im Bauer, einen Eimer... Beim Fremden riecht es nach nichts, während beim Tischler ein wahrer Nebel die Wohnung erfüllt und ein wundervolles Odeur von Leim, Hobelspänen und Lack die Nase kitzelt. Dafür hat aber der Fremde einen sehr wesentlichen Vorzug: er gibt viel zu essen, und – alles was recht ist – während Kaschtanka vor dem Tisch saß und zu ihm sehnsüchtig hinaufblickte, hatte er ihn nicht ein einziges Mal geschlagen oder auch nur mit den Füßen gestampft und geschrien: »Da-aß Dich... der Teufel hole, du Verdammte...!«

Nachdem der neue Herr seine Cigarre ausgeraucht hatte, ging er hinaus und kehrte einen Augenblick später mit einem Kissen in der Hand zurück.

»Hör' Du, Hundchen, komm mal her!« sagte er, das Kissen in eine Ecke neben dem Diwan hinlegend. »Da, schlaf!«

Darauf löschte er die Lampe aus und ging hinaus. Kaschtanka streckte sich auf dem Kissen aus und schloss die Augen. Von der Straße her ertöntes Hundegebell, und Kaschtanka wollte darauf antworten, aber plötzlich, ganz unerwartet, befiel ihn das Heimweh. Er dachte an Luka Alexandritsch, an seinen Sohn Fedjuschka, an das

У незнакомца обстановка бедная и некрасивая; кроме кресел, дивана, лампы и ковров, у него нет ничего, и комната кажется пустою; у столяра же вся квартира битком набита вещами; у него есть стол, верстак, куча стружек, рубанки, стамески, пилы, клетка с чижиком, лохань... У незнакомца не пахнет ничем, у столяра же в квартире всегда стоит туман и великолепно пахнет клеем, лаком и стружками. Зато у незнакомца есть одно очень важное преимущество — он дает много есть и, надо отдать ему полную справедливость, когда Каштанка сидела перед столом и умильно глядела на него, он ни разу не ударил ее, не затопал ногами и ни разу не крикнул: «По-ошла вон, треклятая!»

Выкурив сигару, новый хозяин вышел и через минуту вернулся, держа в руках маленький матрасик.

— Эй ты, пес, поди сюда! — сказал он, кладя матрасик в углу около дивана. — Ложись здесь. Спи!

Затем он потушил лампу и вышел. Каштанка разлеглась на матрасике и закрыла глаза; с улицы послышался лай, и она хотела ответить на него, но вдруг неожиданно ею овладела грусть. Она вспомнила Луку Александрыча, его сына Федюшку, уютное местечко под верстаком... Вспомнила она, что в длинные зимние вечера, когда столяр строгал или читал вслух газету, Федюшка обыкновенно

liebe Plätzchen unter der Hobelbank... Er dachte daran, wie an den langen Winterabenden, wenn der Tischler hobelte oder die Zeitung laut vorlas, Fedjuschka gewöhnlich mit ihm spielte... Er holte ihn an den Hinterpfoten unter der Hobelbank hervor und machte mit ihm solche Stückchen, dass es Kaschtanka ganz grün vor den Augen wurde und er hernach an allen Gliedern wie gelähmt war. Er ließ ihn auf den Hinterfüßen gehen, machte mit ihm »Glocke«, d. h. zog ihn heftig am Schwanz, sodass Kaschtanka anfing zu bellen und zu heulen, gab ihm Schnupftabak zu riechen usw. Besonders qualvoll war das folgende Stückchen: Fedjuschka band ein Stück Fleisch an einen Faden und gab es Kaschtanka, um es dann, wenn er das Stück verschluckt hatte, wieder unter lautem Gelächter aus seinem Magen zu ziehen... Und je greller diese Erinnerungen wurden, um so lauter und trübseliger wimmerte Kaschtanka.

Aber bald besiegten die Müdigkeit und die Wärme das Heimweh... Er fing an einzuschlafen. In seiner Fantasie begannen Hunde zu laufen; unter anderen lief auch der zottige alte Pudel vorbei mit dem kranken Auge und den großen Haarbüscheln an der Schnauze, den er heute auf der Straße gesehen hatte. Ihm nach jagte Fedjuschka mit dem Stemmeisen in der Hand. Dann plötzlich bedeckte sich auch Fedjuschka mit zottigen Haarbüscheln und stand auf einmal neben Kaschtanka. Er und Kaschtanka berochen einander gutmütig die Schnauze und liefen dann auf die Straße hinaus...

играл с нею... Он вытаскивал ее за задние лапы из-под верстака и выделывал с нею такие фокусы, что у нее зеленело в глазах и болело во всех суставах. Он заставлял ее ходить на задних лапах, изображал из нее колокол, то есть сильно дергал ее за хвост, отчего она визжала и лаяла, давал ей нюхать табаку... Особенно мучителен был следующий фокус: Федюшка привязывал на ниточку кусочек мяса и давал его Каштанке, потом же, когда она проглатывала, он с громким смехом вытаскивал его обратно из ее желудка. И чем ярче были воспоминания, тем громче и тоскливее скулила Каштанка.

Но скоро утомление и теплота взяли верх над грустью... Она стала засыпать. В ее воображении забегали собаки; пробежал, между прочим, и мохнатый старый пудель, которого она видела сегодня на улице, с бельмом на глазу и с клочьями шерсти около носа. Федюшка, с долотом в руке, погнался за пуделем, потом вдруг сам покрылся мохнатой шерстью, весело залаял и очутился около Каштанки. Каштанка и он добродушно понюхали друг другу носы и побежали на улицу...

Eine neue, sehr angenehme Bekanntschaft

Als Kaschtanka aufwachte, war es schon hell und von der Straße her tönte Lärm, wie nur am Tage. Im Zimmer war niemand. Kaschtanka streckte sich, gähnte und ging dann missmutig und finster durchs Zimmer. Er beroch die Ecken und die Möbel, warf einen Blick in das Vorhaus und fand nichts Interessantes. Außer der Tür, die in das Vorhaus führte, gab es noch eine zweite. Nach kurzer Überlegung kratzte Kaschtanka mit beiden Pfoten an dieser zweiten Tür und trat, als sie sich öffnete, ins nächste Zimmer. Dort schlief im Bett, eingehüllt in eine wollene Decke, ein Kunde, in welchem Kaschtanka den Fremden von gestern Abend erkannte.

»Rrrr...« knurrte er im ersten Augenblick. Dann aber fiel ihm die gestrige Mahlzeit ein, er wedelte mit dem Schwanz und begann zu schnuppern.

Er beschnupperte die Kleider und Stiefel des Fremden und fand, dass sie stark nach Pferden rochen. Aus dem Schlafzimmer führte irgendwohin noch eine Tür, die ebenfalls geschlossen war. Kaschtanka kratzte auch an dieser Tür, stemmte sich mit der Brust dagegen, öffnete die Thür und empfand sogleich einen merkwürdigen, sehr verdächtigen Geruch. Mit der Ahnung einer unangenehmen Begegnung trat Kaschtanka, knurrend und sich vorsichtig umblickend, in eine kleine Stube mit schmutzigen Tapeten – und erschrocken fuhr er zurück. Er erblickte etwas Unerwartetes und Furchtbares.

Новое, очень приятное знакомство

Когда Каштанка проснулась, было уже светло и с улицы доносился шум, какой бывает только днем. В комнате не было ни души. Каштанка потянулась, зевнула и, сердитая, угрюмая, прошлась по комнате. Она обнюхала углы и мебель, заглянула в переднюю и не нашла ничего интересного. Кроме двери, которая вела в переднюю, была еще одна дверь. Подумав, Каштанка поцарапала ее обеими лапами, отворила и вошла в следующую комнату. Тут на кровати, укрывшись байковым одеялом, спал заказчик, в котором она узнала вчерашнего незнакомца.

— Рррр... — заворчала она, но, вспомнив про вчерашний обед, завиляла хвостом и стала нюхать.

Она понюхала одежду и сапоги незнакомца и нашла, что они очень пахнут лошадью. Из спальни вела куда-то еще одна дверь, тоже затворенная. Каштанка поцарапала эту дверь, налегла на нее грудью, отворила и тотчас же почувствовала странный, очень подозрительный запах. Предчувствуя неприятную встречу, ворча и оглядываясь, Каштанка вошла в маленькую комнатку с грязными обоями и в страхе попятилась назад. Она увидела нечто неожиданное и страшное.

Mit zu Boden gesenktem Kopf, mit weit ausgebreiteten Flügeln steuerte zischend gerade auf ihn los ein grauer Gänserich. Etwas abseits vom Gänserich lag auf einem Kissen ein weißer Kater. Als dieser Kaschtanka erblickte, sprang er auf, machte einen Buckel, erhob den Schweif, sträubte das Haar und begann ebenfalls zu zischen. Der Hund erschrak ganz ordentlich, da er aber seine Furcht nicht merken lassen wollte, fing er laut an zu bellen und stürzte sich auf den Kater ... Der Kater machte einen noch höheren Buckel und versetzte Kaschtanka auf den Kopf einen Schlag mit der Pfote. Kaschtanka sprang zurück, duckte sich nieder und brach, die Schnauze nach dem Kater gewandt, in ein schallendes, winselndes Gebell aus. In diesem Augenblick trat der Gänserich von hinten heran und hackte Kaschtanka recht schmerzhaft in den Rücken. Kaschtanka sprang auf und warf sich auf den Gänserich ...

»Was ist denn hier los?« ertönte eine laute, unwillige Stimme, und herein trat der Fremde im Schlafrock und mit der Cigarre zwischen den Zähnen. »Was soll das bedeuten? An den Platz!«

Er ging auf den Kater zu, knipste ihn auf den Buckel und sagte:

»Theodor, was ist denn das? Eine Keilerei? Ach Du alter Schuft! Kusch Dich!« Und sich zum Gänserich wendend rief er: »Herr Iwanow, an den Platz!«

Der Kater legte sich gehorsam aufs Kissen und schloss die Augen. Nach dem Ausdruck seiner Schnauze und seines Schnurrbarts schien er mit sich unzufrieden, dass er sich erregt hatte und in

Пригнув к земле шею и голову, растопырив крылья и шипя, прямо на нее шел серый гусь. Несколько в стороне от него, на матрасике, лежал белый кот; увидев Каштанку, он вскочил, выгнул спину в дугу, задрал хвост, взъерошил шерсть и тоже зашипел. Собака испугалась не на шутку, но, не желая выдавать своего страха, громко залаяла и бросилась к коту... Кот еще сильнее выгнул спину, зашипел и ударил Каштанку лапой по голове. Каштанка отскочила, присела на все четыре лапы и, протягивая к коту морду, залилась громким, визгливым лаем; в это время гусь подошел сзади и больно долбанул ее клювом в спину. Каштанка вскочила и бросилась на гуся...

— Это что такое? — послышался громкий, сердитый голос, и в комнату вошел незнакомец в халате и с сигарой в зубах. — Что это значит? На место!

Он подошел к коту, щелкнул его по выгнутой спине и сказал:

— Федор Тимофеич, это что значит? Драку подняли? Ах ты, старая каналья! Ложись!

И, обратившись к густо, он крикнул:

— Иван Иваныч, на место!

Кот покорно лег на свой матрасик и закрыл глаза. Судя по выражению его морды и усов, он сам был недоволен, что погорячился и

Streit geraten war. Kaschtanka winselte gekränkt, und der Gänserich streckte den Hals aus und begann etwas zu erzählen, aufgeregt, überzeugt und vernehmlich, aber äußerst unverständlich...

»Schon gut, schon gut!« sagte gähnend der Herr. »Ihr müsst Euch untereinander vertragen...« Er streichelte Kaschtanka und fuhr fort: »Und Du Braunchen, brauchst Dich nicht zu fürchten... Das sind alles brave Leute und tun niemand was zuleide. Übrigens, wie soll man Dich denn rufen? Ohne Namen darfst Du nicht bleiben, mein Bester.«

Der Fremde dachte einen Augenblick nach und sagte dann:

»So... Du wirst also Tante heißen... Verstehst Du? Tante!«

Und das Wort »Tante« mehrere Mal wiederholend ging er hinaus. Kaschtanka setzte sich und begann zu beobachten. Der Kater lag regungslos auf dem Kissen und tat, als ob er schliefe. Der Gänserich fuhr fort mit ausgestrecktem Halse, ununterbrochen von einem Bein aufs andere tretend, schnell und überzeugend von Etwas zu erzählen. Es schien ein äußerst kluger Gänserich zu sein; nach jeder langen Tirade trat er jedes Mal wie erstaunt zurück, als bewunderte er seine eigene Rede. Nachdem Kaschtanka ihm einige Zeit zugehört hatte, antwortete er »Rrrr...« und begann in den Ecken umherzuschnüffeln. In einer Ecke stand ein kleiner Trog, in welchem Kaschtanka gequollene Erbsen und aufgeweichte Brotrinden vorfand.

вступил в драку. Каштанка обиженно заскулила, а гусь вытянул шею и заговорил о чем-то быстро, горячо и отчетливо, но крайне непонятно.

— Ладно, ладно! — сказал хозяин, зевая. — Надо жить мирно и дружно. — Он погладил Каштанку и продолжал: — А ты, рыжик, не бойся... Это хорошая публика, не обидит. Постой, как же мы тебя звать будем? Без имени нельзя, брат.

Незнакомец подумал и сказал:

— Вот что... Ты будешь — Тетка... Понимаешь? Тетка!

И, повторив несколько раз слово «Тетка», он вышел. Каштанка села и стала наблюдать. Кот неподвижно сидел на матрасике и делал вид, что спит. Гусь, вытягивая шею и топчась на одном месте, продолжал говорить о чем-то быстро и горячо. По-видимому, это был очень умный гусь; после каждой длинной тирады он всякий раз удивленно пятился назад и делал вид, что восхищается своею речью... Послушав его и ответив ему «рррр...», Каштанка принялась обнюхивать углы. В одном из углов стояло маленькое корытце, в котором она увидела моченый горох и размокшие ржаные корки.

Er probierte die Erbsen – sie schmeckten nicht, probierte die Rinden – und begann zu essen. Der Gänserich war durchaus nicht beleidigt, dass der fremde Hund sein Futter verspeiste, sondern im Gegenteil, er begann noch überzeugender zu reden und trat, um sein Vertrauen zu bezeugen, an den Trog heran und aß selbst einige Erbsen.

Blaues Wunder

Einige Zeit später trat der Fremde wieder ein und brachte ein sonderbares Ding mit, das etwa wie ein Galgen aussah. An der Querstange dieses hölzernen Galgens hing eine Glocke und war eine Pistole befestigt, von denen je eine Schnur herabhing. Der Fremde stellte den Galgen mitten im Zimmer auf, nestelte lange an den Schnüren herum, blickte dann auf den Gänserich und sagte:

»Herr Iwanow, ich bitte!«

Der Gänserich kam heran und blieb in erwartungsvoller Pose stehen.

»Nun«, sagte der Fremde, » fangen wir von Anfang an. Verbeugen Sie sich zuerst und machen Sie einen Kratzfuß! Schnell.«

Herr Iwanow streckte den Hals aus, nickte nach allen Seiten und scharrte mit der Pfote.

»So, bravo . . . Jetzt sterben Sie mal!«

Она попробовала горох — невкусно, попробовала корки — и стала есть. Гусь нисколько не обиделся, что незнакомая собака поедает его корм, а, напротив, заговорил еще горячее и, чтобы показать свое доверие, сам подошел к корытцу и съел несколько горошинок.

Чудеса в решете

Немного погодя опять вошел незнакомец и принес с собой какую-то странную вещь, похожую на ворота и на букву П. На перекладине этого деревянного, грубо сколоченного П висел колокол и был привязан пистолет; от языка колокола и от курка пистолета тянулись веревочки. Незнакомец поставил П посреди комнаты, долго что-то развязывал и завязывал, потом посмотрел на гуся и сказал:

— Иван Иваныч, пожалуйте!

Гусь подошел к нему и остановился в ожидательной позе.

— Ну-с, — сказал незнакомец, — начнем с самого начала. Прежде всего поклонись и сделай реверанс! Живо!

Иван Иваныч вытянул шею, закивал во все стороны и шаркнул лапкой.

— Так, молодец... Теперь умри!

Der Gänserich legte sich auf den Rücken und hob die Pfoten in die Höhe. Nachdem der Fremde noch einige ähnliche unbedeutende Stückchen vorgenommen hatte, griff er plötzlich nach seinem Kopf, drückte auf seinem Gesicht das furchtbarste Entsetzen aus und rief:

»Hilfe! Feuer! Es brennt!«

Herr Iwanow lief schnell zum Galgen, ergriff mit dem Schnabel eine der Schnüre und begann zu läuten. Der Fremde war sehr zufrieden. Er streichelte dem Gänserich den Hals und sagte:

»Brav, Herr Iwanow. Jetzt stellen Sie sich vor, dass Sie ein Juwelier sind und mit Gold und Brillanten handeln. Stellen Sie sich nun weiter vor, dass Sie in Ihren Laden eintreten und dort Diebe vorfinden. Wie würden Sie in diesem Falle handeln?«

Der Gänserich fasste mit dem Schnabel die andere Schnur und zog daran, worauf ein betäubender Schumkows ertönte. Kaschtanka gefiel das Läuten sehr gut, und von dem Schumkows geriet er in solches Entzücken, dass er um den Galgen zu laufen und zu bellen begann.

»Tante, an den Platz!« rief der Fremde. »'s Maul halten!«

Die Arbeit Herrn Iwanows war mit dem Schießen noch nicht zu Ende. Eine ganze Stunde noch trieb ihn der Fremde an der Korde in die Runde und knallte mit der Peitsche, wobei der Gänserich über Barrieren und durch Reifen springen, sich bäumen d. h. sich auf den Schwanz setzen und mit den Pfoten zappeln musste. Kaschtanka wandte von

Гусь лег на спину и задрал вверх лапы. Проделав еще несколько подобных неважных фокусов, незнакомец вдруг схватил себя за голову, изобразил на своем лице ужас и закричал:

— Караул! Пожар! Горим!

Иван Иваныч подбежал к П, взял в клюв веревку и зазвонил в колокол.

Незнакомец остался очень доволен. Он погладил гуся по шее и сказал:

— Молодец, Иван Иваныч! Теперь представь, что ты ювелир и торгуешь золотом и брильянтами. Представь теперь, что ты приходишь к себе в магазин и застаешь в нем воров. Как бы ты поступил в данном случае?

Гусь взял в клюв другую веревочку и потянул, отчего тотчас же раздался оглушительный выстрел. Каштанке очень понравился звон, а от выстрела она пришла в такой восторг, что забегала вокруг П и залаяла.

— Тетка, на место! — крикнул ей незнакомец. — Молчать!

Работа Ивана Иваныча не кончилась стрельбой. Целый час потом незнакомец гонял его вокруг себя на корде и хлопал бичом, причем гусь должен был прыгать через барьер и сквозь обруч, становиться на дыбы, то есть садиться на хвост и махать лапками. Каштанка не отрывала глаз от Ивана Иваныча, заны-

Herrn Iwanow nicht die Augen, winselte vor Vergnügen und lief mehrmals mit lautem Gebell hinter ihm her. Nachdem Schüler sowohl als Lehrer gründlich müde geworden waren, trocknete der Fremde sich den Schweiß von der Stirn und rief:

»Marie, ruf mal Frau von Grunzner her!«

Gleich darauf ertönte ein Grunzen. Kaschtanka begann zu knurren, nahm eine äußerst mutige Stellung ein, trat aber für alle Fälle näher zum Fremden heran. Die Tür öffnete sich, ein altes Weib sah ins Zimmer, sagte etwas und ließ dann eine schwarze hässliche Sau herein. Ohne Kaschtankas Geknurr auch nur zu beachten, hob die Sau ihre Schnauze in die Höhe und grunzte heiter. Sie schien äußerst erfreut, ihren Herrn, den Kater und Herrn Iwanow wiederzusehen. Als sie sich dem Kater näherte, ihn leise mit der Schnauze in den Bauch stieß und sich dann mit dem Gänserich über irgendetwas zu unterhalten begann, konnte man in ihrer Stimme und im Zucken des kleinen Schwänzchens sehr viel Gutmütigkeit und Wohlwollen bemerken. Kaschtanka begriff sofort, dass auf solche Persönlichkeiten zu knurren und zu bellen vollkommen zwecklos sei.

Der Herr stellte den Galgen beiseite und rief:

»Theodor, ich bitte!«

Der Kater erhob sich, dehnte sich schläfrig und näherte sich widerwillig der Sau, als erwiese er jemand einen großen Gefallen.

вала от восторга и несколько раз принималась бегать за ним со звонким лаем. Утомив гуся и себя, незнакомец вытер со лба пот и крикнул:

— Марья, позови-ка сюда Хавронью Ивановну!

Через минуту послышалось хрюканье... Каштанка заворчала, приняла очень храбрый вид и на всякий случай подошла поближе к незнакомцу. Отворилась дверь, в комнату поглядела какая-то старуха и, сказав что-то, впустила черную, очень некрасивую свинью. Не обращая никакого внимания на ворчанье Каштанки, свинья подняла вверх свой пятачок и весело захрюкала. По-видимому, ей было очень приятно видеть своего хозяина, кота и Ивана Иваныча. Когда она подошла к коту и слегка толкнула его под живот своим пятачком и потом о чем-то заговорила с гусем, в ее движениях, в голосе и в дрожании хвостика чувствовалось много добродушия. Каштанка сразу поняла, что ворчать и лаять на таких субъектов — бесполезно.

Хозяин убрал П и крикнул:

— Федор Тимофеич, пожалуйте!

Кот поднялся, лениво потянулся и нехотя, точно делая одолжение, подошел к свинье.

»Nun, beginnen wir mit der »Ägyptischen Pyramide«, meinte der Herr.

Er erklärte weitläufig irgendetwas und kommandierte endlich: eins...zwei... drei! Beim Worte »drei« schlug Herr Iwanow mit den Flügeln und sprang auf den Rücken der Sau... Als er, mit dem Halse und den Flügeln balancierend, auf dem borstigen Rücken einen sicheren Standpunkt gewonnen hatte, begann Theodor faul und schläfrig, mit demonstrativer Nachlässigkeit und mit einem Gesichtsausdruck, als verachte er und schätze er seine Kunst gering, langsam den Rücken der Sau zu erklimmen, kletterte dann ebenso widerwillig auf den Gänserich hinauf und stellte sich auf die Hinterpfoten. Man erhielt das, was der Fremde eine »Ägyptische Pyramide« nannte. Kaschtanka winselte vor Vergnügen auf. In diesem Augenblick aber gähnte der Kater und fiel, das Gleichgewicht verlierend, vom Gänserich herab. Herr Iwanow wankte und fiel ebenfalls. Der Fremde begann zu schreien, zu fuchteln und von Neuem etwas zu erklären. Nachdem er sich noch eine ganze Stunde mit der Pyramide abgequält hatte, begann der unermüdliche Herr, Herrn Iwanow das Reiten auf dem Kater zu lehren, unterrichtete dann den Kater im Rauchen usw.

Der Unterricht endete damit, dass der Fremde sich den Schweiß von der Stirn wischte und hinausging, Theodor verächtlich nieste, sich aufs Kissen legte und die Augen schloss, Herr Iwanow zu seinem Trog ging, und die Sau von dem alten Weibe wieder weggeführt wurde.

— Ну-с, начнем с египетской пирамиды, — начал хозяин.

Он долго объяснял что-то, потом скомандовал: «Раз... два... три!» Иван Иваныч при слове «три» взмахнул крыльями и вскочил на спину свиньи... Когда он, балансируя крыльями и шеей, укрепился на щетинистой спине, Федор Тимофеич вяло и лениво, с явным пренебрежением и с таким видом, как будто он презирает и ставит ни в грош свое искусство, полез на спину свиньи, потом нехотя взобрался на гуся и стал на задние лапы. Получилось то, что незнакомец называл египетской пирамидой. Каштанка взвизгнула от восторга, но в это время старик кот зевнул и, потеряв равновесие, свалился с гуся. Иван Иваныч пошатнулся и тоже свалился. Незнакомец закричал, замахал руками и стал опять что-то объяснять. Провозившись целый час с пирамидой, неутомимый хозяин принялся учить Ивана Иваныча ездить верхом на коте, потом стал учить кота курить и т. п.

Ученье кончилось тем, что незнакомец вытер со лба пот и вышел. Федор Тимофеич брезгливо фыркнул, лег на матрасик и закрыл глаза, Иван Иваныч направился к корытцу, а свинья была уведена старухой.

Dank einer solchen Menge neuer Eindrücke verging der Tag unbemerkt, am Abend aber war Kaschtanka schon mit seinem Kissen in der kleinen Stube mit den schmutzigen Tapeten einquartiert und verbrachte die Nacht in Gesellschaft Herrn Iwanows und des Katers.

Genie! Genie!

Es verging ein Monat...

Kaschtanka hatte sich bereits daran gewöhnt, dass er einen luxuriösen Mittag bekam und Tante genannt wurde. Auch an den Fremden und an die neuen Genossen hatte er sich gewöhnt. Das Leben floss ohne jede Störung dahin...

Alle Tage begannen auf dieselbe Weise. Gewöhnlich erwachte Herr Iwanow zuerst und kam sogleich an Kaschtanka oder an den Kater heran, streckte seinen Hals aus und begann etwas zu erzählen, heiß und überzeugend, aber noch immer unverständlich. Zuweilen erhob er sein Haupt und ließ lange Monologe vom Stapel. In den ersten Tagen hatte Kaschtanka geglaubt, dass er soviel rede, weil er sehr gescheit sei, aber nach kurzer Zeit verlor er allen Respekt vor dem Gänserich; wenn sich Herr Iwanow ihm mit seinen langen Reden näherte, wedelte Kaschtanka nicht mehr mit dem Schwanz, sondern malträtierte ihn, wie einen lästigen Schwätzer, der niemand Ruhe lässt, und antwortete ihm ganz ungeniert mit einem »Rrrr«...

Благодаря массе новых впечатлений день прошел для Каштанки незаметно, а вечером она со своим матрасиком была уже водворена в комнатке с грязными обоями и ночевала в обществе Федора Тимофеича и гуся.

Талант! Талант!

Прошел месяц.

Каштанка уже привыкла к тому, что ее каждый вечер кормили вкусным обедом и звали Теткой. Привыкла она и к незнакомцу, и к своим новым сожителям. Жизнь потекла как по маслу.

Все дни начинались одинаково. Обыкновенно раньше всех просыпался Иван Иваныч и тотчас же подходил к Тетке или к коту, выгибал шею и начинал говорить о чем-то горячо и убедительно, но по-прежнему непонятно. Иной раз он поднимал вверх голову и произносил длинные монологи. В первые дни знакомства Каштанка думала, что он говорит много потому, что очень умен, но прошло немного времени, и она потеряла к нему всякое уважение; когда он подходил к ней со своими длинными речами, она уж не виляла хвостом, а третировала его, как надоедливого болтуна, который не дает никому спать, и без всякой церемонии отвечала ему: «рррр»...

Theodor war dagegen ein ganz anderer Herr. Wenn er erwachte, gab er keinen Ton von sich, rührte sich nicht und öffnete nicht einmal die Augen. Er wäre überhaupt sehr gerne auch gar nicht erwacht, denn das Leben erschien ihm offenbar sehr wenig begehrenswert. Nichts interessierte ihn, zu allem verhielt er sich müde und lässig, alles verachtete er und nieste ekelerfüllt sogar dann, wenn er sein schmackhaftes Mittagsmahl verzehrte.

Kaschtanka pflegte, sobald er erwacht war, eine Runde durch die Zimmer zu machen und alle Ecken zu beschnuppern. Nur er und der Kater besaßen das Recht, in der ganzen Wohnung umherzugehen, der Gänserich dagegen genoss nicht den Vorzug, die Schwelle der kleinen Stube mit den schmutzigen Tapeten zu überschreiten, während Frau von Grunzner irgendwo auf dem Hof in einem Stall wohnte und nur zu den Stunden erschien.

Der Herr wachte spät auf und begann sofort, nachdem er Tee getrunken, mit den Kunststücken. Jeden Tag wurden in die Stube der Galgen, die Peitsche und die Reifen gebracht und jeden Tag wurde fast immer dasselbe absolviert. Der Unterricht währte drei bis vier Stunden, sodass Theodor zuweilen vor Ermüdung wie ein Trunkener wankte, Herr Iwanow den Schnabel öffnete und schwer atmete, und der Herr ganz rot wurde und die Stirn gar nicht mehr trocken bekam.

Der Unterricht und das Mittagessen machten die Tage sehr interessant, die Abende aber vergingen

Федор же Тимофеич был иного рода господин. Этот, проснувшись, не издавал никакого звука, не шевелился и даже не открывал глаз. Он охотно бы не просыпался, потому что, как видно было, он недолюбливал жизни. Ничто его не интересовало, ко всему он относился вяло и небрежно, всё презирал и даже, поедая свой вкусный обед, брезгливо фыркал.

Проснувшись, Каштанка начинала ходить по комнатам и обнюхивать углы. Только ей и коту позволялось ходить по всей квартире; гусь же не имел права переступать порог комнатки с грязными обоями, а Хавронья Ивановна жила где-то на дворе в сарайчике и появлялась только во время ученья. Хозяин просыпался поздно и, напившись чаю, тотчас же принимался за свои фокусы. Каждый день в комнатку вносились П, бич, обручи, и каждый день проделывалось почти одно и то же. Ученье продолжалось часа три-четыре, так что иной раз Федор Тимофеич от утомления пошатывался, как пьяный, Иван Иваныч раскрывал клюв и тяжело дышал, а хозяин становился красным и никак не мог стереть со лба пот.

Ученье и обед делали дни очень интересными, вечера же проходили скучновато.

etwas langweilig. Gewöhnlich fuhr der Herr des Abends irgendwohin fort und nahm den Kater und der Gänserich mit. Tante, der allein zu Hause blieb, pflegte sich dann auf dem Kissen auszustrecken und der Melancholie anheimzufallen... Unbemerkt und allmählich, wie die Finsternis ein Zimmer erfüllt, beschlich ihn die Traurigkeit. Es begann damit, dass der Hund die Lust am Bellen, am Essen und am Umherlaufen in den Zimmern verlor. Dann erschienen seiner Fantasie zwei undeutliche Gestalten, halb Tiere, halb Menschen, mit lieben und sympathischen, aber unverständlichen Gesichtern. Bei ihrem Erscheinen wedelte Tante mit dem Schwanz, und es war ihm, als hätte er sie irgendwo und irgendwann schon gesehen und geliebt... Und wenn er einschlief, empfand er jedes Mal den angenehmen Duft von Leim, Hobelspänen und Lack, der diesen Gestalten entströmte...

Als er sich in das neue Leben schon ganz eingewöhnt hatte und sich aus einem mageren, knöchrigen Straßenköter in einen satten, wohlgepflegten Hund verwandelt hatte, streichelte der Herr ihn einmal vor dem Unterricht und sagte:

»Na, Tante, jetzt ist es auch Zeit, an die Arbeit zu gehen... Ich will aus Dir einen Künstler machen... Willst Du ein Künstler werden?«

Und er begann den Hund in allen möglichen Wissenschaften zu unterrichten. In der ersten Stunde lernte er »sitzen« und auf den Hinterfüßen gehen. In der zweiten Stunde musste er auf den Hinterfüßen schon springen und nach einem Stück

Обыкновенно вечерами хозяин уезжал куда-то и увозил с собою гуся и кота. Оставшись одна, Тетка ложилась на матрасик и начинала грустить... Грусть подкрадывалась к ней как-то незаметно и овладевала ею постепенно, как потемки комнатой. Начиналось с того, что у собаки пропадала всякая охота лаять, есть, бегать по комнатам и даже глядеть, затем в воображении ее появлялись какие-то две неясные фигуры, не то собаки, не то люди, с физиономиями симпатичными, милыми, но непонятными; при появлении их Тетка виляла хвостом, и ей казалось, что она их где-то когда-то видела и любила... А засыпая, она всякий раз чувствовала, что от этих фигурок пахнет клеем, стружками и лаком.

Когда она совсем уже свыклась с новой жизнью и из тощей, костлявой дворняжки обратилась в сытого, выхоленного пса, однажды перед ученьем хозяин погладил ее и сказал:

— Пора нам, Тетка, делом заняться. Довольно тебе бить баклуши. Я хочу из тебя артистку сделать... Ты хочешь быть артисткой?

И он стал учить ее разным наукам. В первый урок она училась стоять и ходить на задних лапах, что ей ужасно нравилось. Во второй урок она должна была прыгать на задних лапах и хватать сахар, который высоко над ее головой держал учитель.

Zucker schnappen, dass der Meister hoch über den Kopf des Hundes hielt. Dann, in den nächsten Stunden, tanzte er, lief an der Corde, heulte »nach Musik«, läutete und schoß. Nach einem Monat aber konnte er bereits mit Erfolg Theodor in der »Ägyptischen Pyramide« vertreten. Er lernte gerne und war mit seinen Fortschritten zufrieden; namentlich das Laufen an der Corde, mit heraushängender Zunge, das Springen durch den Reifen und das Reiten auf dem alten Theodor bereiteten ihm ein ganz besonderes Vergnügen. Jedes gelungene Stückchen begleitete er mit lautem begeisterten Gebell, während der Lehrer staunte, sich ebenfalls begeisterte und vergnügt die Hände rieb.

»Ein Genie! Ein Genie!« sagte er. »Ein unbezweifelbares Genie! Du wirst einen großartigen Erfolg haben!«

Und Tante hatte sich so sehr an das Wort »Genie« gewöhnt, dass er jedes Mal, wenn sein Herr es aussprach, aufsprang und sich umsah, als wäre es sein Rufname.

Eine unruhige Nacht

Tante hatte einen Hundetraum: der Hausknecht jagte ihm mit dem Besen nach... Vor Furcht erwachte er.

Im Stübchen war es dunkel, dunkel und schwül. Die Flöhe belästigten ihn.

Затем в следующие уроки она плясала, бегала на корде, выла под музыку, звонила и стреляла, а через месяц уже могла с успехом заменять Федора Тимофеича в «египетской пирамиде». Училась она очень охотно и была довольна своими успехами; беганье с высунутым языком на корде, прыганье в обруч и езда верхом на старом Федоре Тимофеиче доставляли ей величайшее наслаждение. Всякий удавшийся фокус она сопровождала звонким, восторженным лаем, а учитель удивлялся, приходил тоже в восторг и потирал руки.

— Талант! Талант! — говорил он. — Несомненный талант! Ты положительно будешь иметь успех!

И Тетка так привыкла к слову «талант», что всякий раз, когда хозяин произносил его, вскакивала и оглядывалась, как будто оно было ее кличкой.

Беспокойная ночь

Тетке приснился собачий сон, будто за нею гонится дворник с метлой, и она проснулась от страха.

В комнатке было тихо, темно и очень душно. Кусались блохи.

Tante hatte früher niemals die Dunkelheit gefürchtet. Jetzt aber war es ihm, er wusste selbst nicht warum, plötzlich so unheimlich geworden, dass er bellen wollte. Im Zimmer nebenan seufzte vernehmlich der Herr, etwas später grunzte die Sau im Stalle, und wieder wurde alles still. Wenn man ans Essen denkt, wird es einem leichter ums Herz, und Tante begann daran zu denken, wie er heute Theodor ein Hühnerbein entwendet und es im Salon, zwischen dem Schrank und der Wand, wo sehr viel Spinngewebe und Staub lag, versteckt hatte. Es würde nichts schaden, mal hinzugehen und sich zu überzeugen, ob dieses Bein noch da sei oder nicht mehr. Unmöglich wäre es nicht, dass der Herr es gefunden und verspeist hätte. Aber vor dem Morgen darf man die Stube nicht verlassen – das ist Hausgesetz. Tante schloss die Augen, um möglichst schnell einzuschlafen. Denn er wusste aus Erfahrung, dass je früher man einschläft, um so früher der Morgen da ist. Aber plötzlich ertönte nicht weit von ihm ein sonderbarer Schrei, der ihn zusammenschrecken und aufspringen machte. Es war Herr Iwanow, und sein Schrei war nicht geschwätzig und überzeugend wie gewöhnlich, sondern wild, durchdringend und unnatürlich, wie das Schreien einer ungeschmierten Pforte. Ohne im Dunkeln etwas sehen oder begreifen zu können, erschrak Tante noch mehr und knurrte:

»Rrrrr…«

Es verging viel Zeit, soviel wie dazu nötig ist, um einen guten Knochen zu benagen; der Schrei wiederholte sich nicht.

Тетка раньше никогда не боялась потемок, но теперь почему-то ей стало жутко и захотелось лаять. В соседней комнате громко вздохнул хозяин, потом, немного погодя, в своем сарайчике хрюкнула свинья, и опять всё смолкло. Когда думаешь об еде, то на душе становится легче, и Тетка стала думать о том, как она сегодня украла у Федора Тимофеича куриную лапку и спрятала ее в гостиной между шкапом и стеной, где очень много паутины и пыли. Не мешало бы теперь пойти и посмотреть: цела эта лапка или нет? Очень может быть, что хозяин нашел ее и скушал. Но раньше утра нельзя выходить из комнатки — такое правило. Тетка закрыла глаза, чтобы поскорее уснуть, так как она знала по опыту, что чем скорее уснешь, тем скорее наступит утро. Но вдруг недалеко от нее раздался странный крик, который заставил ее вздрогнуть и вскочить на все четыре лапы. Это крикнул Иван Иваныч, и крик его был не болтливый и убедительный, как обыкновенно, а какой-то дикий, пронзительный и неестественный, похожий на скрип отворяемых ворот. Ничего не разглядев в потемках и не поняв, Тетка почувствовала еще больший страх и проворчала:

— Ррррр...

Прошло немного времени, сколько его требуется на то, чтобы обглодать хорошую кость; крик не повторялся.

Tante beruhigte sich allmählich und begann wieder in Schlaf zu versinken. Ihm träumte von zwei großen, schwarzen Hunden; sie fraßen gierig aus einem großen Troge mit Küchenabfällen, dem weißer Dampf und ein angenehmes Aroma entströmten. Ab und zu wandten sie sich nach Tante um, fletschten die Zähne und knurrten: »Dir geben wir nichts!« Aber aus dem Hause kam ein Bauer im Pelz herausgelaufen und vertrieb mit der Peitsche die Hunde. Tante näherte sich dem Troge und begann zu fressen, aber kaum war der Bauer im Thor verschwunden, als die schwarzen Hunde sich brüllend auf Tante stürzten, und der durchdringende Schrei plötzlich wieder ertönte.

»K-he! K-he-he!« schrie Iwanow.

Tante erwachte, sprang auf und brach, ohne sein Kissen zu verlassen, in ein heulendes Gebell aus. Es schien ihm jetzt, als schreie nicht mehr Iwanow, sondern jemand anderes, jemand Fremdes. Und sonderbarerweise grunzte auch die Sau wieder im Stalle.

Schon vernahm man aber das Schlurfen der Pantoffeln, und in die Stube trat der Herr, im Schlafrock und mit dem Licht in der Hand. Der blinzelnde Schein begann an den schmutzigen Tapeten und an der Decke zu hüpfen und verscheuchte die Finsternis. Tante sah, dass in der Stube niemand Fremdes war. Herr Iwanow saß auf der Diele und schlief nicht. Seine Flügel waren ausgespannt und sein Schnabel geöffnet, und überhaupt sah er aus, als wäre er sehr müde und

Тетка мало-помалу успокоилась и задремала. Ей приснились две большие черные собаки с клочьями прошлогодней шерсти на бедрах и на боках; они из большой лохани с жадностью ели помои, от которых шел белый пар и очень вкусный запах; изредка они оглядывались на Тетку, скалили зубы и ворчали: «А тебе мы не дадим!» Но из дому выбежал мужик в шубе и прогнал их кнутом; тогда Тетка подошла к лохани и стала кушать, но, как только мужик ушел за ворота, обе черные собаки с ревом бросились на нее, и вдруг опять раздался пронзительный крик.

— К-ге! К-ге-ге! — крикнул Иван Иваныч.

Тетка проснулась, вскочила и, не сходя с матрасика, залилась воющим лаем. Ей уже казалось, что кричит не Иван Иваныч, а кто-то другой, посторонний. И почему-то в сарайчике опять хрюкнула свинья.

Но вот послышалось шарканье туфель, и в комнатку вошел хозяин в халате и со свечой. Мелькающий свет запрыгал по грязным обоям и по потолку и прогнал потемки. Тетка увидела, что в комнатке нет никого постороннего. Иван Иваныч сидел на полу и не спал. Крылья у него были растопырены и клюв раскрыт, и вообще он имел такой вид, как будто очень утомился и хотел пить.

wollte trinken. Der alte Theodor schlief auch nicht. Auch ihn hatte wohl der Schrei aufgescheucht.

»Herr Iwanow, was fehlt Ihnen?« fragte der Herr den Gänserich. »Warum schreien Sie? Sind Sie krank?«

Der Gänserich schwieg. Der Herr befühlte ihm den Hals, streichelte seinen Rücken und sagte:

»Sie sind ein komischer Herr. Schlafen selbst nicht und geben auch anderen keine Ruhe.«

Als der Herr wieder hinausgegangen war und das Licht mitgenommen hatte, wurde es wieder dunkel. Tante wurde bange. Der Gänserich schrie nicht mehr, aber er hatte wieder das Gefühl, als sei jemand Fremdes in der Stube. Am meisten ängstigte ihn, dass man diesen Fremdling nicht beißen konnte, da er unsichtbar war und keine Gestalt hatte. Und Tante hatte das unbestimmte Gefühl, als müsste sich in dieser Nacht durchaus etwas Schlimmes ereignen. Auch Theodor war unruhig. Tante hörte, wie er sich auf seinem Kissen bewegte, seinen Kopf schüttelte und gähnte.

Irgendwo aus der Straße wurde an ein Tor gepocht, und im Stall grunzte die Sau. Tante begann zu heulen, streckte die Vorderpfoten aus und legte seinen Kopf darauf. In dem Pochen am Tore, im Grunzen der Sau, die sonderbarerweise auch nicht schlafen konnte, in der Finsternis und Stille schien ihm, ebenso wie in dem Schrei des Herrn Iwanow, etwas unendlich Trauriges und Schreckliches zu liegen. Überall und bei allen zeigte sich eine sonderbare Unruhe, aber woher?

Старый Федор Тимофеич тоже не спал. Должно быть, и он был разбужен криком.

— Иван Иваныч, что с тобой? — спросил хозяин у гуся. — Что ты кричишь! Ты болен?

Гусь молчал. Хозяин потрогал его за шею, погладил по спине и сказал:

— Ты чудак. И сам не спишь, и другим не даёшь.

Когда хозяин вышел и унес с собою свет, опять наступили потемки. Тетке было страшно. Гусь не кричал, но ей опять стало чудиться, что в потемках стоит кто-то чужой. Страшнее всего было то, что этого чужого нельзя было укусить, так как он был невидим и не имел формы. И почему-то она думала, что в эту ночь должно непременно произойти что-то очень худое. Федор Тимофеич тоже был непокоен. Тетка слышала, как он возился на своем матрасике, зевал и встряхивал головой.

Где-то на улице застучали в ворота, и в сарайчике хрюкнула свинья. Тетка заскулила, протянула передние лапы и положила на них голову. В стуке ворот, в хрюканье не спавшей почему-то свиньи, в потемках и в тишине почудилось ей что-то такое же тоскливое и страшное, как в крике Ивана Иваныча. Всё было в тревоге и в беспокойстве, но отчего?

Wer war dieser Fremde, den man nicht sehen konnte? In der Nähe von Tante erglühten zwei trübe, grüne Feuer. Es war Theodor, der seit der ganzen langen Bekanntschaft zum ersten Mal an Tante herangekommen war. Was wollte er? Tante leckte ihm die Pfote und begann, ohne nach dem Grunde seines Kommens zu fragen, von Neuem leise zu heulen.

»K-he!« schrie Herr Iwanow. »K-he-he!«

Die Tür öffnete sich wieder, und der Herr trat mit dem Licht in der Hand ein. Der Gänserich saß in der alten Stellung mit geöffnetem Schnabel und ausgebreiteten Flügeln. Seine Augen waren geschlossen.

»Herr Iwanow!« rief der Herr.

Der Gänserich rührte sich nicht. Der Herr setzte sich vor ihm hin auf die Diele, sah ihn einige Augenblicke schweigend an und sagte:

»Iwanow! Was ist denn das? Stirbst Du? Ach, jetzt erinnere ich mich, erinnere ich mich!« rief er, sich nach dem Kopf fassend. »Jetzt weiß ich, was es ist! Das kommt, weil Dich heute ein Pferd getreten hat! O mein Gott, mein Gott!«

Tante verstand nicht die Worte des Herrn, sah aber an seinem Gesicht, dass auch er etwas Fürchterliches erwartete. Er streckte seine Schnauze nach dem dunklen Fenster aus, in welches, wie ihm schien, jemand Fremdes hereinschaute, und begann zu heulen.

Кто этот чужой, которого не было видно? Вот около Тетки на мгновение вспыхнули две тусклые зеленые искорки. Это в первый раз за всё время знакомства подошел к ней Федор Тимофеич. Что ему нужно было? Тетка лизнула ему лапу и, не спрашивая, зачем он пришел, завыла тихо и на разные голоса.

— К-ге! — крикнул Иван Иваныч. — К-ге-ге!

Опять отворилась дверь, и вошел хозяин со свечой. Гусь сидел в прежней позе, с разинутым клювом и растопырив крылья. Глаза у него были закрыты.

— Иван Иваныч! — позвал хозяин.

Гусь не шевельнулся. Хозяин сел перед ним на полу, минуту глядел на него молча и сказал:

— Иван Иваныч! Что же это такое? Умираешь ты, что ли? Ах, я теперь вспомнил, вспомнил! — вскрикнул он и схватил себя за голову. — Я знаю, отчего это! Это оттого, что сегодня на тебя наступила лошадь! Боже мой, боже мой!

Тетка не понимала, что говорит хозяин, но по его лицу видела, что и он ждет чего-то ужасного. Она протянула морду к темному окну, в которое, как казалось ей, глядел кто-то чужой, и завыла.

»Tante! Er stirbt ja!« sagte der Herr, die Hände zusammenschlagend. »Ja, ja, er stirbt! Zu Euch in die Stube ist der Tod gekommen. Was tun wir nun?«

Der Herr kehrte bleich und aufgeregt, seufzend und kopfschüttelnd zu sich ins Zimmer zurück. Kaschtanka, der sich fürchtete im Dunkeln zu bleiben, folgte ihm. Der Herr setzte sich aufs Bett und wiederholte immer wieder:

»Mein Gott, was soll ich tun?«

Tante strich an seinen Beinen umher, ohne zu verstehen, warum er selbst und alle anderen so traurig und erregt waren, und suchte es aus den Bewegungen des Herrn zu erraten. Theodor, der sein Kissen sonst nur selten verließ, trat auch in das Schlafzimmer ein und begann sich ebenfalls an den Beinen des Herrn zu reiben. Er schüttelte mit dem Kopf, als wollte er aus demselben alle trüben Gedanken hinausschütteln, und blickte verdächtig unters Bett.

Der Herr nahm ein Tellerchen, goss in dasselbe aus der Waschkanne etwas Wasser und ging wieder zum Gänserich.

»Trink, Iwanow,« sagte er zärtlich, das Tellerchen vor ihm hinstellend. »Trink, mein Lieber.«

Aber Iwanow rührte sich nicht und öffnete nicht die Augen. Der Herr neigte seinen Kopf zum Teller und tunkte Iwanows Schnabel ins Wasser, aber der Gänserich trank nicht. Er breitete seine Flügel nur noch weiter aus, und sein Kopf blieb kraftlos auf dem Teller liegen.

— Он умирает, Тетка! — сказал хозяин и всплеснул руками. — Да, да, умирает! К вам в комнату пришла смерть. Что нам делать?

Бледный, встревоженный хозяин, вздыхая и покачивая головой, вернулся к себе в спальню. Тетке жутко было оставаться в потемках, и она пошла за ним. Он сел на кровать и несколько раз повторил:

— Боже мой, что же делать?

Тетка ходила около его ног и, не понимая, отчего это у нее такая тоска и отчего все так беспокоятся, и стараясь понять, следила за каждым его движением. Федор Тимофеич, редко покидавший свой матрасик, тоже вошел в спальню хозяина и стал тереться около его ног. Он встряхивал головой, как будто хотел вытряхнуть из нее тяжелые мысли, и подозрительно заглядывал под кровать.

Хозяин взял блюдечко, налил в него из рукомойника воды и опять пошел к густо.

— Пей, Иван Иваныч! — сказал он нежно, ставя перед ним блюдечко. — Пей, голубчик.

Но Иван Иваныч не шевелился и не открывая глаз. Хозяин пригнул его голову к блюдечку и окунул клюв в воду, но гусь не пил, еще шире растопырил крылья, и голова его так и осталась лежать в блюдечке.

»Nein, da ist nichts mehr zu machen!« seufzte der Herr. »Alles ist aus. Der arme Iwanow ist tot...«

Und an seinen Wangen rieselten glänzende Tröpfchen herab, wie man sie beim Regen an den Fenstern sieht. Ohne die Bedeutung des Geschehenden zu begreifen, drängten Kaschtanka und Theodor sich an den Herrn heran und blickten voll Schrecken auf den Gänserich.

»Mein armer Iwanow!« sprach der Herr, traurig seufzend. »Und ich hatte gehofft, Dich im Sommer mit in die Sommerfrische zu nehmen und mit Dir auf der grünen Wiese zu spazieren. Du liebes Tier, mein braver Kamerad, Du bist dahin! Wie werde ich denn jetzt ohne Dich auskommen?«

Tante glaubte, dass auch ihm dasselbe passieren würde, dass er plötzlich, wer weiß warum, seine Augen schließen, die Pfoten ausstrecken und sein Gebiss entblößen würde, und dass dann alle ihn mit Schrecken ansehen würden. Auch in dem Kopfe Theodors schienen ähnliche Gedanken zu hausen. Noch nie war der Kater so finster und trübsinnig gewesen, wie jetzt.

Der Morgen dämmerte, und jener unsichtbare Fremde, der Tante so erschreckt hatte, verließ das Zimmer. Als es ganz hell wurde, kam der Hausknecht, nahm den Gänserich bei den Füßen und trug ihn irgendwohin hinaus. Bald hernach kam die Aufwärterin und brachte den Trog weg.

Tante ging in den Salon und schaute hinter den Schrank: Der Herr hatte das Hühnerbein nicht aufgegessen, es lag noch an derselben Stelle, mit

— Нет, ничего уже нельзя сделать! — вздохнул хозяин. — Всё кончено. Пропал Иван Иваныч!

И по его щекам поползли вниз блестящие капельки, какие бывают на окнах во время дождя. Не понимая, в чем дело, Тетка и Федор Тимофеич жались к нему и с ужасом смотрели на гуся.

— Бедный Иван Иваныч! — говорил хозяин, печально вздыхая. — А я-то мечтал, что весной повезу тебя на дачу и буду гулять с тобой по зеленой травке. Милое животное, хороший мой товарищ, тебя уже нет! Как же я теперь буду обходиться без тебя?

Тетке казалось, что и с нею случится то же самое, то есть что и она тоже вот так, неизвестно отчего, закроет глаза, протянет лапы, оскалит рот, и все на нее будут смотреть с ужасом. По-видимому, такие же мысли бродили и в голове Федора Тимофеича. Никогда раньше старый кот не был так угрюм и мрачен, как теперь.

Начинался рассвет, и в комнатке уже не было того невидимого чужого, который пугал так Тетку. Когда совсем рассвело, пришел дворник, взял гуся за лапы и унес его куда-то. А немного погодя явилась старуха и вынесла корытце.

Тетка пошла в гостиную и посмотрела за шкап: хозяин не скушал куриной лапки, она

Staub und Spinngewebe bedeckt. Aber Tante war es trübe zu Mut, und er wollte weinen. Er roch nicht mal an dem Hühnerbein, sondern ging unter den Diwan, legte sich dort hin und begann leise mit hoher Stimme zu heulen.

»U-u-u...

Ein misslungenes Debüt

Eines schönen Abends trat der Herr in das Stübchen mit den schmutzigen Tapeten und sagte, sich die Hände reibend:

»Nun...«

Er wollte noch etwas sagen, ließ es aber bleiben und ging wieder hinaus. Tante, der während der Stunden die Manieren und Mienen seines Lehrers gut ausgelernt hatte, erriet, dass er besorgt und, wie es schien, sogar böse war. Bald darauf kam der Herr wieder zurück und sagte:

»Heute nehme ich Tante und Theodor mit mir. In der »Ägyptischen Pyramide« wirst du, Tante, die Stelle des seligen Herrn Iwanow einnehmen. Hol's der Teufel! Nichts ist fertig, nichts einstudiert, nur ein paar Proben! Wir werden uns blamieren, durchfallen!«

Dann ging er wieder hinaus und kam gleich darauf im Pelz und Zylinder zurück. Er trat an den Kater heran, ergriff ihn bei den Vorderpfoten, hob ihn auf und barg ihn auf der Brust unterm Pelz,

лежала на своем месте, в пыли и паутине. Но Тетке было скучно, грустно и хотелось плакать. Она даже не понюхала лапки, а пошла под диван, села там и начала скулить тихо, тонким голоском:

— Ску-ску-ску...

Неудачный дебют

В один прекрасный вечер хозяин вошел в комнатку с грязными обоями и, потирая руки, сказал:

— Ну-с...

Что-то он хотел еще сказать, но не сказал и вышел. Тетка, отлично изучившая во время уроков его лицо и интонацию, догадалась, что он был взволнован, озабочен и, кажется, сердит. Немного погодя он вернулся и сказал:

— Сегодня я возьму с собой Тетку и Федора Тимофеича. В египетской пирамиде ты, Тетка, заменишь сегодня покойного Ивана Иваныча. Чёрт знает что! Ничего не готово, не выучено, репетиций было мало! Осрамимся, провалимся!

Затем он опять вышел и через минуту вернулся в шубе и в цилиндре. Подойдя к коту, он взял его за передние лапы, поднял и спря-

wobei Theodor sehr gleichgültig schien und sich nicht mal die Mühe gab, die Augen zu öffnen. Ihm war es offenbar vollständig gleich, ob er lag, oder an den Pfoten in die Höhe gehoben wurde, ob er sich auf seinem Kissen rekelte, oder unterm Pelz an der Brust des Herrn ruhte...

»Tante, komm!« sagte der Herr.

Ohne etwas zu verstehen, folgte Kaschtanka mit dem Schwanze wedelnd. Einen Augenblick später saß er schon im Schlitten zu Füßen seines Herrn und hörte, wie dieser, vor Kälte und Aufregung fröstelnd, murmelte:

»Wir blamieren uns, fallen durch!«

Der Schlitten hielt vor einem großen, sonderbaren Hause, das einer umgestülpten Suppenterrine ähnlich sah. Die lang gezogene Auffahrt zu diesem Hause mit drei Glastüren war durch ein Dutzend Laternen hell erleuchtet. Die Türen öffneten sich klirrend und verschlangen wie Rachen die Menschen, die sich auf der Auffahrt drängten. Menschen gab es dort viel, oft liefen an das Haus auch Pferde heran, Hunde aber sah man gar keine.

Der Herr nahm Tante auf den Arm und schob ihn untern Pelz an die Brust, wo sich Theodor befand. Hier war es dunkel und stickig aber warm. Für einen Augenblick leuchteten zwei grünliche Funken auf – es war der Kater, der, durch die kalten, harten Pfoten des Nachbars beunruhigt, die Augen öffnete. Tante leckte ihm ein Ohr und begann, in dem Wunsche, sich möglichst bequem zu platzieren, sich unruhig hin und her zu bewegen,

тал его на груди под шубу, причем Федор Тимофеич казался очень равнодушным и даже не потрудился открыть глаз. Для него, по-видимому, было решительно всё равно: лежать ли, или быть поднятым за ноги, валяться ли на матрасике, или покоиться на груди хозяина под шубой...

— Тетка, пойдем, — сказал хозяин.

Ничего не понимая и виляя хвостом, Тетка пошла за ним. Через минуту она уже сидела в санях около ног хозяина и слушала, как он, пожимаясь от холода и волнения, бормотал:

— Осрамимся! Провалимся!

Сани остановились около большого странного дома, похожего на опрокинутый супник. Длинный подъезд этого дома с тремя стеклянными дверями был освещен дюжиной ярких фонарей. Двери со звоном отворялись и, как рты, глотали людей, которые сновали у подъезда. Людей было много, часто к подъезду подбегали и лошади, но собак не было видно.

Хозяин взял на руки Тетку и сунул ее на грудь, под шубу, где находился Федор Тимофеич. Тут было темно и душно, но тепло. На мгновение вспыхнули две тусклые зеленые искорки — это открыл глаза кот, обеспокоенный холодными, жесткими лапами соседки. Тетка лизнула его ухо и, желая усесться возможно удобнее, беспокойно задвига-

wobei er den Kater unter den kalten Pfoten ganz zerdrückte. Während dieser Beschäftigung steckte er einmal den Kopf unversehens hinaus, begann aber sofort zu knurren und tauchte wieder in den Pelz zurück. Es war ihm, als hätte er ein riesiges, schlecht beleuchtetes Zimmer, das mit Menschen angefüllt war, gesehen. Aus den Abteilungen und Gittern, die längs der beiden Seiten des Zimmers liefen, schauten furchtbare Fratzen heraus: Die einen sahen wie Pferdeköpfe aus, andere hatten Hörner, andere wieder lange Ohren. Ein Scheusal hatte eine dicke, riesige Fratze mit einem Schwanz statt der Nase und mit zwei langen, abgenagten Knochen, die aus dem Rachen herausragten.

Der Kater miaute heiser unter Tantes Pfoten, aber in diesem Augenblicke ging der Pelz auf, der Herr sagte »Hop!« und Theodor und Tante sprangen auf den Boden hinab. Sie befanden sich in einem kleinen Zimmer mit grauen Bretterwänden. Außer einem Tisch mit Spiegel, einem Taburett und verschiedenem Lumpenzeug, das in den Ecken hing, gab es hier keine Möbel, und statt einer Lampe oder eines Lichts brannte eine helle fächerförmige Flamme, die an einer kleinen, in die Wand gesteckten Röhre befestigt war. Theodor leckte sein Fell, welches Tante zerknüllt hatte, ging unter das Taburett und legte sich hin. Der Herr, der sich noch immer aufgeregt die Hände rieb, begann sich zu entkleiden. Er zog sich aus, wie er sich gewöhnlich zu Hause auszuziehen pflegte, wenn er im Begriffe war, sich zu Bett, unter die wollene Decke zu legen. Er legte alles außer der Wäsche ab, setzte sich dann auf das Taburett und begann vor dem

лась, смяла его под себя холодными лапами и нечаянно высунула из-под шубы голову, но тотчас же сердито заворчала и нырнула под шубу. Ей показалось, что она увидела громадную, плохо освещенную комнату, полную чудовищ; из-за перегородок и решеток, которые тянулись по обе стороны комнаты, выглядывали страшные рожи: лошадиные, рогатые, длинноухие, и какая-то одна толстая, громадная рожа с хвостом вместо носа и с двумя длинными обглоданными костями, торчащими изо рта.

Кот сипло замяукал под лапами Тетки, но в это время шуба распахнулась, хозяин сказал «гоп!», и Федор Тимофеич с Теткою прыгнули на пол. Они уже были в маленькой комнате с серыми дощатыми стенами; тут, кроме небольшого столика с зеркалом, табурета и тряпья, развешанного по углам, не было никакой другой мебели, и, вместо лампы или свечи, горел яркий веерообразный огонек, приделанный к трубочке, вбитой в стену. Федор Тимофеич облизал свою шубу, помятую Теткой, пошел под табурет и лег. Хозяин, всё еще волнуясь и потирая руки, стал раздеваться... Он разделся так, как обыкновенно раздевался у себя дома, готовясь лечь под байковое одеяло, то есть снял всё, кроме белья, потом сел на табурет и, глядя в зеркало, начал выделывать над собой удивительные штуки.

Spiegel ganz sonderbare Dinge mit sich vorzunehmen. Zuerst zog er sich eine Perücke über den Kopf, mit einem Scheitel und zwei Haarbüscheln, die wie Hörner aussahen, dann schmierte er sich das Gesicht mit irgendetwas Weißem dick ein und malte sich über der weißen Farbe noch Augenbrauen, Schnurrbart und rote Wangen. Damit war aber der Spaß noch nicht aus. Nachdem er sich Gesicht und Hals so besudelt hatte, begann er ein ganz sonderbares, unsinniges Kostüm anzuziehen, wie Tante ein solches früher nie, weder in den Häusern, noch auf den Straßen gesehen hatte. Man stelle sich unglaublich weite Hosen vor, die aus einem groß geblümten Baumwollstoff gefertigt, wie er in kleinbürgerlichen Häusern zu Fenstervorhängen und zu Möbelbezug verwendet wird, Hosen, die ganz oben unter den Achseln zugeknöpft wurden; das eine Bein braun, das andere hellgelb. Nachdem er in diesem Kleidungsstück fast versunken war, zog der Herr sich noch eine baumwollene Jacke mit gezacktem Kragen und einem goldnen Stern auf dem Rücken an, verschiedenfarbene Strümpfe und grüne Schuhe...

Tante wurde es bunt vor den Augen und in der Seele. Von der weißgesichtigen, sackförmigen Figur roch es nach dem Herrn, auch die Stimme war die Stimme des Herrn, aber es gab dennoch Augenblicke, wo Tante von Zweifeln befallen wurde, und dann war er bereit, von dieser bunten Figur wegzulaufen und sie anzubellen. Der neue Ort, die fächerförmige Flamme, der Geruch, die Metamorphose, die mit dem Herrn geschehen war – alles das erzeugte in Tante eine unbestimmte

Прежде всего он надел на голову парик с пробором и с двумя вихрами, похожими на рога, потом густо намазал лицо чем-то белым и сверх белой краски нарисовал еще брови, усы и румяны. Затеи его этим не кончились. Опачкавши лицо и шею, он стал облачаться в какой-то необыкновенный, ни с чем не сообразный костюм, какого Тетка никогда не видала раньше ни в домах, ни на улице. Представьте вы себе широчайшие панталоны, сшитые из ситца с крупными цветами, какой употребляется в мещанских домах для занавесок и обивки мебели, панталоны, которые застегиваются у самых подмышек; одна панталона сшита из коричневого ситца, другая из светло-желтого. Утонувши в них, хозяин надел еще ситцевую курточку с большим зубчатым воротником и с золотой звездой на спине, разноцветные чулки и зеленые башмаки...

У Тетки запестрило в глазах и в душе. От белолицей мешковатой фигуры пахло хозяином, голос у нее был тоже знакомый, хозяйский, но бывали минуты, когда Тетку мучили сомнения, и тогда она готова была бежать от пестрой фигуры и лаять. Новое место, веерообразный огонек, запах, метаморфоза, случившаяся с хозяином, — всё это вселяло в нее неопределенный страх

Furcht und eine Ahnung, dass er sicher irgendetwas Fürchterlichem begegnen werde, wie dem dicken Scheusal mit dem Schwanz statt der Nase. Dazu spielte noch irgendwo in der Ferne hinter der Wand die verhasste Musik, und von Zeit zu Zeit ertönte ein rätselhaftes Gebrüll. Eines nur beruhigte Tante – die unerschütterliche Ruhe Theodors. Dieser schlummerte ruhig unter dem Taburett und öffnete nicht mal dann die Augen, wenn das Taburett sich bewegte.

Ein Mensch in Frack und weißer Weste sah ins Zimmer herein und sagte:

»Gleich wird Miss Arabella auftreten. Dann kommen Sie.«

Der Herr antwortete nichts. Er holte unter dem Tisch einen kleinen Koffer heraus, setzte sich und begann zu warten. An seinen Lippen und au den Händen konnte man merken, dass er aufgeregt war, und Tante hörte, wie sein Atem bebte.

»Monsieur George, bitte!« rief jemand hinter der Tür.

Der Herr stand auf und bekreuzte sich dreimal, dann holte er unter dem Taburett den Kater hervor und steckte ihn in den Koffer.

»Komm, Tante!« sagte er leise.

Tante kam, ohne irgend etwas zu begreifen, zu seinen Händen heran. Der Herr küsste ihn auf den Kopf und tat ihn neben Theodor in den Koffer. Darauf trat völlige Dunkelheit ein…

и предчувствие, что она непременно встретится с каким-нибудь ужасом вроде толстой рожи с хвостом вместо носа. А тут еще где-то за стеной далеко играла ненавистная музыка и слышался временами непонятный рев. Одно только и успокаивало ее — это невозмутимость Федора Тимофеича. Он преспокойно дремал под табуретом и не открывал глаз, даже когда двигался табурет.

Какой-то человек во фраке и в белой жилетке заглянул в комнатку и сказал:

— Сейчас выход мисс Арабеллы. После нее — вы.

Хозяин ничего не ответил. Он вытащил из-под стола небольшой чемодан, сел и стал ждать. По губам и по рукам его было заметно, что он волновался, и Тетка слышала, как дрожало его дыхание.

— M-r Жорж, пожалуйте! — крикнул кто-то за дверью.

Хозяин встал и три раза перекрестился, потом достал из-под табурета кота и сунул его в чемодан.

— Иди, Тетка! — сказал он тихо.

Тетка, ничего не понимая, подошла к его рукам; он поцеловал ее в голову и положил рядом с Федором Тимофеичем. Засим наступили потемки...

Tante trampelte auf dem Kater herum, kratzte an den Wänden des Koffers und konnte vor Schreck keinen Ton von sich geben, während der Koffer wie auf den Wellen schwankte und zitterte...

»Da bin ich ja!« schrie der Herr laut auf. »Da bin ich ja!«

Tante fühlte, wie nach diesem Schrei der Koffer auf irgend etwas Hartes aufschlug und aufhörte zu schwanken. Ein lautes, volles Brüllen ertönte: Auf irgendjemand wurde dreingeschlagen, und dieser irgendjemand, wahrscheinlich das Scheusal mit dem Schwanz anstatt der Nase, brüllte und lachte so laut, dass das Schlösschen am Koffer zitterte. Als Antwort auf das Gebrüll ertönte ein schrilles, durchdringendes Gelächter des Herrn, wie er zu Hause niemals lachte.

»Ha!« rief er, bemüht, das Gebrüll zu überschreien. »Hochverehrtes Publikum! Ich komme eben vom Bahnhof! Meine Großmutter ist verreckt und hat mir eine Erbschaft hinterlassen! In dem Koffer ist etwas sehr schweres, wahrscheinlich Gold... Ha–a! Und wenn ich hier plötzlich eine Million finde! Wir wollen mal gleich aufmachen und nachsehen...«

Das Schloss am Koffer knackte. Grelles Licht schlug Tante in die Augen. Er sprang aus dem Koffer und begann, vom Gebrüll betäubt, in schnellem Lauf um seinen Herrn zu kreisen, wobei er ein schallendes Gebell ausstieß.

Тетка топталась по коту, царапала стенки чемодана и от ужаса не могла произнести ни звука, а чемодан покачивался, как на волнах, и дрожал...

— А вот и я! — громко крикнул хозяин. — А вот и я!

Тетка почувствовала, что после этого крика чемодан ударился о что-то твердое и перестал качаться. Послышался громкий густой рев: по ком-то хлопали, и этот кто-то, вероятно рожа с хвостом вместо носа, ревел и хохотал так громко, что задрожали замочки у чемодана. В ответ на рев раздался пронзительный, визгливый смех хозяина, каким он никогда не смеялся дома.

— Га! — крикнул он, стараясь перекричать рев. — Почтеннейшая публика! Я сейчас только с вокзала! У меня издохла бабушка и оставила мне наследство! В чемодане что-то очень тяжелое — очевидно, золото... Га-а! И вдруг здесь миллион! Сейчас мы откроем и посмотрим...

В чемодане щелкнул замок. Яркий свет ударил Тетку по глазам; она прыгнула вон из чемодана и, оглушенная ревом, быстро, во всю прыть забегала вокруг своего хозяина и залилась звонким лаем.

»Ha!« schrie der Herr. – »Onkel Theodor! Verehrteste Tante! Dass euch der Teufel hole, meine lieben Verwandten!«

Er warf sich mit dem Bauch in den Sand, ergriff Tante und den Kater und begann sie zu umarmen. Während er ihn in seiner Umarmung fast erdrückte, warf Tante einen flüchtigen Blick auf jene Welt, in die ihn das Schicksal verschlagen hatte, und für einen Augenblick erstarrte er vor Staunen und Entzücken, von der Großartigkeit des Anblicks bewältigt. Dann machte er sich aus der Umarmung des Herrn los und begann, vor Intensivität des Eindrucks, sich auf einem Punkte wie ein Kreisel zu drehen. Die neue Welt war groß und voll hellen Lichtes. Wohin er auch blickte, überall, vom Boden bis zur Decke, sah er nichts als Gesichter, Gesichter und Gesichter.

»Tante, ich bitte Sie, Platz zu nehmen!« rief der Herr.

Tante hatte noch nicht vergessen, was das zu bedeuten habe, sprang auf den Stuhl und setzte sich. Er sah den Herrn an. Seine Augen blickten ernst und freundlich wie immer, das Gesicht aber und besonders der Mund und die Zähne waren durch ein breites, erstarrtes Lächeln entstellt. Er lachte, sprang, zuckte mit den Schultern und tat, als sei er durch die Anwesenheit der Tausende von Gesichtern hoch erfreut. Tante glaubte seiner Lustigkeit, empfand plötzlich mit seinem ganzen Körper, dass diese Tausende von Gesichtern ihn ansahen, hob sein Fuchsschnäuzchen in die Höhe und heulte lustig auf.

— Га! — закричал хозяин. — Дядюшка Федор Тимофеич! Дорогая тетушка! Милые родственники, чёрт бы вас взял!

Он упал животом на песок, схватил кота и Тетку и принялся обнимать их. Тетка, пока он тискал ее в своих объятиях, мельком оглядела тот мир, в который занесла ее судьба, и, пораженная его грандиозностью, на минуту застыла от удивления и восторга, потом вырвалась из объятий хозяина и от остроты впечатления, как волчок, закружилась на одном месте. Новый мир был велик и полон яркого света; куда ни взглянешь, всюду, от пола до потолка, видны были одни только лица, лица, лица и больше ничего.

— Тетушка, прошу вас сесть! — крикнул хозяин.

Помня, что это значит, Тетка вскочила на стул и села. Она поглядела на хозяина. Глаза его, как всегда, глядели серьезно и ласково, но лицо, в особенности рот и зубы, были изуродованы широкой неподвижной улыбкой. Сам он хохотал, прыгал, подергивал плечами и делал вид, что ему очень весело в присутствии тысячей лиц. Тетка поверила его веселости, вдруг почувствовала всем своим телом, что на нее смотрят эти тысячи лиц, подняла вверх свою лисью морду и радостно завыла.

»Sie, Tante, bleiben etwas sitzen,« sagte der Herr, »während wir mit Onkelchen die Kamarinskaja tanzen wollen.«

Theodor stand in Erwartung des Augenblicks, wo man ihn zwingen würde, Dummheiten zu machen, da und blickte sich gleichgültig nach allen Seiten um. Er tanzte schlaff, lässig und finster, und man konnte es seinen Bewegungen, seinem Schwanz und dem Schnurrbart ansehen, dass er die Menge, das grelle Licht, den Herrn und sich selbst tief verachtete... Nachdem er seine Portion abgetanzt hatte, gähnte er und setzte sich.

»Nun, Tante,« sagte der Herr, »zuerst woll'n wir mit Ihnen etwas singen, und dann tanzen wir mal. Gut?«

Er holte aus der Tasche eine Pfeife heraus und begann zu spielen. Tante, der keine Musik vertragen konnte, fing an, auf dem Stuhl unruhig hin und her zu rücken und zu heulen. Von allen Seiten ertönten Gebrüll und Beifallsklatschen. Der Herr verbeugte sich und fuhr fort, als alles sich beruhigt hatte, zu spielen... Während einer sehr hohen Note schrie irgendwo oben unter dem Publikum jemand auf.

»Vater!« rief eine Kinderstimme. – »Das ist doch Kaschtanka!«

»Natürlich Kaschtanka!« bestätigte ein etwas angeheiterter, zitternder Tenor. »Kaschtanka! Fedjuschka, straf mich Gott, das ist Kaschtanka! Los!«

— Вы, Тетушка, посидите, — сказал ей хозяин, — а мы с дядюшкой попляшем камаринского.

Федор Тимофеич в ожидании, когда его заставят делать глупости, стоял и равнодушно поглядывал по сторонам. Плясал он вяло, небрежно, угрюмо, и видно было по его движениям, по хвосту и по усам, что он глубоко презирал и толпу, и яркий свет, и хозяина, и себя... Протанцевав свою порцию, он зевнул и сел.

— Ну-с, Тетушка, — сказал хозяин, — сначала мы с вами споем, а потом попляшем. Хорошо?

Он вынул из кармана дудочку и заиграл. Тетка, не вынося музыки, беспокойно задвигалась на стуле и завыла. Со всех сторон послышались рев и аплодисменты. Хозяин поклонился и, когда всё стихло, продолжал играть... Во время исполнения одной очень высокой ноты где-то наверху среди публики кто-то громко ахнул.

— Тятька! — крикнул детский голос. — А ведь это Каштанка!

— Каштанка и есть! — подтвердил пьяненький дребезжащий тенорок. — Каштанка! Федюшка, это, накажи бог, Каштанка! Фюйть!

Auf der Galerie pfiff jemand, und zwei Stimmen, eine männliche und eine Kinderstimme, riefen laut:

»Kaschtanka! Kaschtanka!«

Kaschtanka erbebte und schaute nach der Stelle hin, von wo aus gerufen wurde. Zwei Gesichter, das eine behaart, angetrunken und lächelnd, das andere dick, rotwangig und erschrocken, schlugen Kaschtanka in die Augen, wie es vordem das elektrische Licht getan hatte... Er erinnerte sich plötzlich an etwas, fiel vom Stuhl hinunter und begann auf dem Sande zu zappeln; dann sprang er auf und stürzte freudig auf die Gesichter zu. Ein betäubendes Gebrüll erschallte, durchdrungen von Pfiffen und dem schrillen Ruf einer Kinderstimme:

»Kaschtanka! Kaschtanka!«

Kaschtanka sprang über die Barriere, dann über die Schulter irgendjemandes und befand sich in einer Loge. Um in den nächsten Rang zu gelangen, musste man über eine hohe Wand springen. Kaschtanka sprang, aber zu kurz, und rutschte längs der Wand zurück. Darauf ging er von Hand zu Hand, leckte irgendwelche Gesichter und Hände, kam immer höher und höher und gelangte endlich auf die Galerie...

Eine halbe Stunde später lief Kaschtanka auf der Straße hinter zwei Menschen her, die nach Leim und Lack rochen. Der Tischler Luka Alexandritsch schwankte und hielt sich instinktiv, durch Erfahrung belehrt, möglichst weit von der Straßenrinne weg.

Кто-то на галерее свистнул, и два голоса, один — детский, другой — мужской, громко позвали:

— Каштанка! Каштанка!

Тетка вздрогнула и посмотрела туда, где кричали. Два лица: одно волосатое, пьяное и ухмыляющееся, другое — пухлое, краснощекое и испуганное — ударили ее по глазам, как раньше ударил яркий свет... Она вспомнила, упала со стула и забилась на песке, потом вскочила и с радостным визгом бросилась к этим лицам. Раздался оглушительный рев, пронизанный насквозь свистками и пронзительным детским криком:

— Каштанка! Каштанка!

Тетка прыгнула через барьер, потом через чье-то плечо, очутилась в ложе; чтобы попасть в следующий ярус, нужно было перескочить высокую стену; Тетка прыгнула, но не допрыгнула и поползла назад по стене. Затем она переходила с рук на руки, лизала чьи-то руки и лица, подвигалась всё выше и выше и наконец попала на галерку...

Спустя полчаса Каштанка шла уже по улице за людьми, от которых пахло клеем и лаком. Лука Александрыч покачивался и инстинктивно, наученный опытом, старался держаться подальше от канавы.

»Im Pfuhle des Lasters gehe ich unter...« murmelte er. »Und Du, Kaschtanka, bist ein Missverständnis. Im Vergleich zu uns Menschen bist Du so... so wie ein Zimmermann im Vergleich zum Tischler...«

Neben ihm schritt Fedjuschka einher, in der alten Mütze des Vaters. Kaschtanka blickte ihnen beiden auf den Rücken, und es war ihm, als ginge er schon lange hinter ihnen her, und als wäre sein Leben nicht einen Augenblick unterbrochen worden...

Er erinnerte sich an das Zimmerchen mit den schmutzigen Tapeten, den Gänserich, an Theodor, an die schönen Diners, die Stunden, den Zirkus, aber alles erschien ihm jetzt wie ein langer, wirrer, schwerer Traum...

— В бездне греховней валяюся во утробе моей... — бормотал он. — А ты, Каштанка, — недоумение. Супротив человека ты всё равно, что плотник супротив столяра.

Рядом с ним шагал Федюшка в отцовском картузе. Каштанка глядела им обоим в спины, и ей казалось, что она давно уже идет за ними и радуется, что жизнь ее не обрывалась ни на минуту.

Вспоминала она комнатку с грязными обоями, гуся, Федора Тимофеича, вкусные обеды, ученье, цирк, но всё это представлялось ей теперь, как длинный, перепутанный, тяжелый сон...